1030. S.et.arts.

550

# TRAITTÉ
# DE L'AME
## IMMORTELLE.

Par M. Charles Cotin, Conseiller &
Aumosnier du Roy.

## A PARIS,

Chez Antoine de Sommaville, au
Palais, dans la petite Salle, à l'Escu
de France.

M. DC. LV.

*AVEC PRIVILEGE DV ROY.*

## AVANT-PROPOS.

I L y a trois fortes de perfonnes, qui parmy les Payens mefmes ont Traitté de l'Ame humaine : Les Poëtes, les Politiques, & les Philofophes. Les premiers ont fi fort déguifé la verité, qu'ils l'ont prefque fait paffer pour vne Fable : les feconds ont quelquesfois efté foupçonnez de la faire feruir à leur intereft : les troifiefmes fans déguifement & fans fard, ont effayé de chercher la Nature de l'Ame en elle-mefme, & ne fe font point laiffez preuenir, ny par les belles fictions des Poëtes, ny par les ambitieufes loix des Politiques.

Voicy donc trois efpeces d'hommes : les Fabuleux, les Intereffez, les Veritables.

l'ay voulu fuiure les derniers, & me fuis eftudié autant que i'ay peû à me connoiftre, pource qu'autrement il m'a femblé que i'igno. rois tout.

I'apprendray des autres quel fera le fuc-
cez de mon deffein , qui ne me femble pas
feulement curieux & important , mais abfolument neceffaire : Si cela fe peut dire apres
tant de lumieres qui ont tâché de forcer les
tenebres que la Nature , comme enuieufe
oppofée inceffamment au deuant de fes ouurages.

On iugera aifément par les Autheurs que
i'allegue , quoy que ie ne m'y arrefte que par
rencontre , & que ie ne les aille point chercher par oftentation ; que ie n'ay pû ignorer
combien de mains fçauantes ont trauaillé
deuant moy fur vne matiere fi precieufe. I'ay
creû pourtant que tous les hommes auoient
liberté , & qu'ils eftoient mefme en quelque
obligation de mediter fur ce qui importe à
tous les hommes , & qu'on ne pouuoit trop
efcrire de ce qu'on ne pouuoit trop fçauoir.
Et puis auec la gloire de l'emulation que les
fçauans du premier fiecle & du noftre nous
ont laiffée : N'eft-il pas affez apparent , que
fi la fauffe Philofophie prefente encore tous
les iours vn breuuage enchanté à boire aux
enfans de la volupté ; il eft à propos quand
on multiplie les poifons, de multiplier les re-
medes.

Il

Il pourroit eftre encore que les plus beaux Genies de l'Antiquité, n'ont pas tousjours efté ceux qui ont efcrit de l'Ame le plus clairement : quoy qu'on ne s'imagine pas qu'apres Platon, Ariftote & leurs difciples, il puiffe rien refter à leurs fucceffeurs. La Fable par tout meflée à la verité dans les Dialogues de l'vn auec de continuelles Allegories a donné lieu à fes Sectateurs d'accommoder fa doctrine à leurs fentimens, au lieu d'accommoder leurs fentimens à fa doctrine. Il ne faut que lire fes Commentateurs pour n'en point douter fans qu'il foit befoin d'autres preuues.

Et le ftyle de l'autre eft fi preffé, & fi plein d'ambiguitez, principalement en fes liures de l'Ame, où les termes de vertu, de raifon, d'habitude, d'entendement, de non meflé à la matiere & de feparable, ont tant de fignifications differentes, que les Interpretes font fouuent dire à ce Philofophe tout ce qu'ils veulent.

Sur tout on a trouué eftrange le mot d'Entelechie, qu'il à inuenté, mot nouueau, difoit Ramus, mot à plufieurs fens, non clair, non vfité : contre les regles de la definition, & contre celles de fa Rhetorique, où il profcrit les mots compofez de *Porte-lumiere*, &

é

*Porte-flambeau :* mot barbare parmy les Grecs de ce temps-là ; mais qui luy a tenu lieu de charme pour ébloüir l'esprit du vulgaire : car c'est tout ce qu'il vous plaira , *Forme, Ame, Intelligence, & Dieu mesme.*

Par là on void qu'auec quelque raison il escriuoit à son Alexandre, que ses liures de la Nature estoient publiez, comme s'ils ne l'étoient point : & que ses auditeurs seulement seroient capables de les expliquer. S'il a dit vray, il y a des Gens bien attrapez.

Pourquoy se trauailler à entendre celuy qui ne veut pas estre entendu ? Quoy qu'il en soit : car il n'en faut point croire ses ennemis , & puis vne si grande reputation que la sienne, ne peut estre fausse, il me semble que pour en vser philosophiquement, il ne se faut point laisser preuenir par tout ce qu'ont dit les Anciens & les Modernes, en vne chose, où nous auons la Nature presente , & la raison pour la consulter. Il faut sans détour, sans mystere & sans toutes ces digressions incommodes, qui ne trouuent rien hors de propos , exposer fortement & clairement ce qui nous touche le plus, & qui s'offre dauantage dans le commerce du grand Monde, laissant parmy la poussiere de l'Eschole, tant de vaines sub-

tilitez, qui ne peuuent nous rendre, ny meilleurs, ny plus fçauans.

C'eſt ce qui m'a obligé d'enfermer en peu
de Chapitres, tout ce que i'ay penſé necef-
ſaire pour connoiſtre la Nature de l'Ame humaine. C'eſt là mon principal deſſein, puis
que ſelon mon ſens, l'Ame Immortelle, &
l'Ame de l'homme eſt la meſme choſe. On
le ſçait par la meſme raiſon, que l'on ſçait que
Dieu eſt iuſti-
ce, dit quelque part Galien, l'homme ne ſeroit pas fait pour aucune fin, & le plus parfait ouurage de la nature, ſeroit le plus de-
fectueux, ce qui eſt abſolument impoſſible.

Ie ne diſpute donc pas icy de l'Immortalité de l'Ame; mais i'explique la Nature de
l'Ame Immortelle. S'en tenir au premier
point, ce ne ſeroit examiner qu'vne queſtion; faire ce que ie tâche de faire, c'eſt
vouloir penetrer iuſques au fonds de l'Eſprit
humain. C'eſt par la definition de la choſe,
car i'ay tout fondé là deſſus, s'inſtruire plei-
nement de ſes proprietez & de ſon eſſence.

Pour y preparer le Lecteur, Ie com-
mence par les opinions de ceux qu'on a
creûs les plus contraires à l'Immortalité de

noſtre Ame , & faits voir qu'il eſt aſſez diſ-
ficile de pouuoir bien démonſtrer qu'aucune Ame doiue perir. Ie monſtre qu'elle eſt
vnique en chaque animal ; & par ſa definition , ie poſe les fondemens de toutes ces
belles veritez. Que l'Ame de l'homme eſt
parfaitte & ſubſiſtante d'elle - meſme , quoy
qu'elle ſoit la perfection du corps humain :
que ſans multiplier ſon eſſence , ſes vertus
ſont multipliées , d'où procede ſon vnion
auec le corps : que ſes plus hautes fonctions
n'ont rien de commun auec la matiere : que
l'entendement, n'eſt pas vne faculté organique , & ainſi ne peut eſtre le temperament,
ny vne imagination plus delicate que celle
des beſtes ; ce qui m'oblige d'examiner ſi les
animaux raiſonnent , & de reſpondre aux difficultez des Epicuriens, de certains Stoïques,
& de quelques mauuais Interpretes des Lettres Sainctes : En fin apres auoir fait voir que
l'Ame n'eſt pas vn pur ouurage de la Nature,
& que Dieu ſeul eſt de luy-meſme ; Ie con-
clus que luy ſeul en eſt Autheur , & qu'elle ne peut pas s'empeſcher de craindre , ou
deſperer de ſa prouidence , ce qu'elle croit
en auoir merité apres cette vie. Ce qui
prouue l'Immortalité de l'Ame , depuis le

commencement de ce liure iusques à la fin.
Et cela auec vn tel ordre que les choses suiuent les vnes des autres, & que le traitté entier n'est qu'vn éclaircissement de la definition de l'Ame, que i'ay donnée. Dieu soit
loüé de ce qu'en cherchant sa nature, i'ay
trouué son Immortalité.

Si elle ne plaist pas à certains Sophistes
qui se remparent d'Arguments & de Sylogis-
mes contre elle, comme si c'estoit vn grand
mal-heur à l'homme de ne mourir pas tout
entier, il n'importe: Ce n'est pas la seule maladie d'esprit qu'il faut mespriser.

A ne rien dissimuler, ny la Renommée n'est
pas la recompense de la Vertu ; ny la Vertu
n'est pas elle-mesme sa recompense. Cette
opinion est encore vn reste du Paganisme.
La felicité vient de plus haut.

Tout ce qui doit finir n'a rien de grand.
Sur ce principe, ie donne autant que ie puis
à la vraye Philosophie le temps que beaucoup
perdent apres les deux plus vaines choses du
monde, la Fortune & la Volupté. Ce seroit
profaner la diuinité domestique qui est en
nous, ainsi que Platon appelle l'Ame, que
de luy preferer aucune chose.

I'ay en quelques endroits meslé des vers à

la profe , comme i'ay fait autresfois dans le
Theoclée, où i'ay fouuent imité la Poëfie de
Lucrece , afin qu'ils feruent pour ainfi dire,
de repofoirs , où le Lecteur laffé d'vne trop
longue attention puiffe reprendre de nouuel-
les forces. I'ay mefme voulu deferer à la voix
d'vn ancien Oracle, lequel ordonne aux Mu-
fes de facrifier aux Graces.

# TABLE DES CHAPITRES.

Chap. I. DE l'Existence de l'Ame, & des opinions d'Epicure, Lucrece, Galien & Pomponace. 1.

Chap. II. Qu'on ne peut monstrer qu'aucune ame doit perir. 15

Chap. III. Introduction à la definition de l'Ame. 31.

Chap. IV. La definition de l'ame de l'homme. 33.

Chap. V. De son vnion auec le corps. · · · 47.

Chap. VI. Qu'elle est immaterielle. 66.

Chap. VII. Si l'entendement à besoin de la phantaisie. 57.

Chap. VIII. Comme il faut entendre que rien n'est en l'esprit qu'apres auoir touché les sens. 87.

Chap. IX. Que l'entendement ne depend pas des organes. 92.

Chap. X. Si les animaux raisonnent. · – 101. 120.

Chap. XI. Que l'ame n'est pas le temperament. 101.

Chap. XII. Responses aux Epicuriens. · – · 136.

Chap. XIII. Response à quelques Stoïques, auec l'Explication selon l'Hebreu d'vn passage de Salomon. 150.

Chap. XIV. Que Dieu seul est de luy-mesme, &

que l'Ame n'a point d'autre Autheur.     163.

Chap. XV. *De l'eſtat de l'Ame apres la mort,
& la refutation de l'entendement vniuerſel.* 175.

Chap. XVI. *Que les meſchants ne peuuent eſtre
heureux, n'y s'arracher de l'Ame la croyance
qu'elle eſt Immorelle.* -              181.

---

### Fautes ſuruenuës à l'Impreſſion.

Le ſçauant Lecteur, qui eſt iuge des ouurages Philoſophi-
ques ſuppléera aiſément à la punctuation qui n'eſt pas iuſte
par tout.

En la page 7. liſez alteration. pag. 56. liſez & l'autre. pag. 67.
liſez vegetante. pag. 72. liſez coſteaux. pag. 81. liſez il. pag. 89.
liſez parce. p. 94. liſez dont. p. 103. liſez percluſe. p. 126. liſez
deſtinations. p. 132. liure 2. p. 145. liſez recompenſées.
pag. 152. liſez.    *Que ſans crainte & ſans eſperance,
Par ſa belle perſeuerance,
Elle ſoit touſiours toute à ſoy.*

page 159, liſez & les à dites. pag. 168. en la marge, liſez liure 5,
de l'Ame chap. 5. pag. 185. liſez deſfiance.

TRAITTE'

# TRAITTÉ
# DE L'AME
## IMMORTELLE.

### CHAPITRE PREMIER.

*De l'Existence de l'Ame, & des opinions d'Epi-
cure, Lucrece, Galien & Pomponace.*

L ne semble pas fort necessaire
d'agiter beaucoup la question de
l'Existence de l'Ame ; non seulement parce que chaque artisan
suppose le sujet dont il parle : mais parce
que par le nom d'Ame chacun entendant
le principe qui est en nous de mouuoir, de
viure, de sentir, de raisonner & d'entendre ;
soit qu'il soit corps, ou non ; soit accident,
soit substance ; on ne peut douter qu'vn animal ne soit animé à moins de faire ie ne sçay
quel combat de paroles qui se détruisent

A

d'elles-mefmes: à moins de douter à la Pyr-
rhónienne, que l'homme viue quand il eft
viuant, & fe meuue quand il fe meut. Il y a
quelque chofe dans les Plantes qui les fait
pouffer, & produire leurs femblables : Il y
a quelque caufe du fentiment dans les animaux parfaits : dans l'homme il y a quelque force meilleure, & plus diuine encore
par laquelle il eft capable de raifon & d'in-
telligenee ; c'eft ce que nous appellons,
l'Ame: Seroit-ce pas vne maniere d'agir indigne de tout Philofophe, de vouloir dif-
puter du nom, quand on eft d'accord de
la chofe ? Il eft euident que chaque animal
a des facultez differentes, qui gardent vn
ordre entr'elles, c'eft vne marque affeurée
qu'elles ont leurs racines dans vn mefme
fonds: car la multitude n'eft point ordonnée,
fi ce n'eft par rapport à quelque principe ; ce
principe s'appelle, l'Ame; c'eft, ie penfe,tout
ce qui fe doit dire fur ce fujet.

　　Mais il ne fera pas mal à propos d'examiner les opinions de ceux qu'on eftime les plus
contraires à la croyance de l'Immortalité de
l'Ame : car fi nous faifons voir par eux-mefmes qu'ils en ignorent la nature, & qu'ils
l'aduoüent : ce feroit contre leur fentiment
dogmatifer en vne matiere où ils ne dogma-

tifent pas ; que de publier qu'elle eft mortelle.

Faifons quelques reflexions auparauant &
puis nous parlerons d'Epicure , de Lucrece,
de Galien & de Pomponace , dont i'examine icy la doctrine pluftoft que des autres,
parce qu'on les croit plus forts fur cette matiere.

Il arriue ordinairement de iuger des chofes , felon la maniere de Philofopher , & de
viure à laquelle on s'eft attaché , & quand
on a vne fois donné fon iugement ; la ialou-
fie que chacun a de fes opinions eft fi grande , qu'encore que l'entendement foit conuaincu , la volonté fouuent ne peut eftre per-
fuadeé.

Les Platoniciens qui philofophoient d'vne
façon abftraitte , & tout à fait feparée des
fens , difoient que la matiere & les corps, à
proprement parler, n'eftoient point , ou que
c'eftoient feulement des ombres & des vefti-
ges de l'eftre, d'autant que cela feul eft veritablement, qui eft eternel & immuable. Les
Epicuriens au contraire , & certains Profef-
feurs de Mathematique reduifoient tout à la
demonftration fenfible , quoy que leur principes ne le foient pas ; leur point fans partie,
leur ligne fans largeur & leurs Atomes. Ils

ne croyoient rien de folide & de reel que les
corps ; parce qu'ils n'eftoient occupez qu'aus
tour dés corps & des figures. Quelques-vns
de leurs difciples encore aujourd'huy ne croi-
rónt point auoir d'efprit , s'ils ne le voyent;
bien qu'il ne feroit pas efprit fi on le voyoit.
Telle eft la force ou pluftoft la tyrannie de
l'amour propre ; telle eft la violence de la
couftume.

Les Philofophes les plus materiels, & les
plus ennemis de l'Immortalité de l'Ame ont
efté, fi l'on adjoufte foy à plufieurs, Epicure
& Lucrece auec Galien & Pomponace : mais
on peut affeurer que l'on fait tort à ces grands
hommes qui n'ont propofé que leurs foupçons
& leurs doutes , & que leurs fectateurs les
veulent faire paffer pour plus decififs qu'ils
n'eftoient pas. Epicure & Lucrece , quand ils
ont raifonné de bonne foy fur la nature de
l'Ame , ont aduoüé qu'ils ne fçauoient ce
que c'eftoit ; & quand ils ont voulu particu-
larifer dauantage fur la difference de l'Ame
& de l'Efprit , tantoft ils les feparent , tantoft ils les confondent , fans d'eterminer iamais de qu'elle figure font les atomes qui
compofent l'entendement & la liberté de
l'homme, s'ils font carrez, en ouale, ou trian-
gulaires. L'Ame , dit Epicure , eft vn corps

composé de parties tres deliées, semé par tous
les membres de l'animal. Elle tient de la na-  *Diog. laer.*
ture de l'air qui est temperé de chaleur : *lib.* 10.
Ailleurs, il dit, qu'elle est composée d'atomes tres-ronds, & tres-legers, bien differens
toutesfois de ceux du feu : Mais de sçauoir
quels sont ces atomes plus purs que la flame,
C'est vn mystere qu'Epicure n'a point reue-
lé. Lucrece son disciple, dit qu'il l'ignore. Il  *Lib.* 12.
sçait bien, dit-il, que l'Ame n'est pas vne na-  *Ignoratur
emim quæ*
ture simple, que c'est vn air meslé de vapeur,  *sit natura
animai.*
& que la chaleur y entre ; de sorte que la nature de l'ame est triple. Demandez-luy ce
qui arreste cette eau, cét air, & ce feu ensemble, & ce qui les contient, comme on
dit que l'Ame raisonnable contient les deux
autres : Il ne vous respondra point. Il adjoûte que pas vne de ces trois natures ne suffit
au sentiment, si bien qu'il en faut adjoûter
vne quatriesme. Ne cherchez point ce que
c'est ; il en est si instruit qu'il ne sçait pas
mesme son nom.

    *Ea est omnino nominis experet.*  *Lucr.lib.3.*

  Il iugeoit bien que tout ce qu'il pourroit
dire de la delicatesse, & de la subtilité de
quelque petit corps que ce fust, que cette
petite partie de la matiere, pour quelque
deliée qu'elle seroit, deuoit estre de la na-

ture du tout, & que le plus & le moins qui
ne changent pas l'efpece, eftoient bien loin
de pouuoir changer l'ordre des chofes. Ce
qui eft infenfible eft d'vn autre ordre que ce
qui fent ; Que fera-ce de ce qui veut, qui
contemple, qui raifonne, & qui entend?
Pourra-t'il bien eftre l'effet d'vne caufe fans
volonté, fans raifon, fans intelligence? Les
Atomes dont Epicure compofe tout, font
tous de mefme nature, ils ne different que
par leur figure, & la figure n'eft que la matiere diuerfement terminée. Qu'on adjoûte
à la matiere fubtilifée telle figure que l'on
voudra : cette figure eft priuée de fentiment
& de raifon ; qu'on luy donne le mouuement le plus prompt & le plus vifte ; ce n'eft
qu'vn mouuement local, & le mouuent local comme tel n'eft pas la vie. Comment eft-
ce que cét air, cette vapeur, cette chaleur,
eftans infenfibles d'eux-mefmes, & le corps
des animaux l'eftant auffi : car l'ame dehors
ils ne fentent plus, Ils deuiennent principes
de fentimens par leur vnion?

  Alleguer ( ce que fait Lucrece ) qu'on en
void tous les iours l'exemple en la production des vers, ce n'eft pas refoudre la difficulté. Nous ne difputons pas de la chofe,
nous difputons de la maniere : nous fçauons

que la chofe fe fait, il refte à dire comment.
On demeure d'accord, que des oyfeaux naif-
fent des bois pourris apres certaines altera-
tions precedentes, on en cherche la caufe, &
les moyens dont la nature fe fert. Le grand
Epicure ne les dit point.

On luy demande, comment fe forme la
douleur & la ioye. Si les Atomes dont on eft
compofé, font infenfibles ? Ceux, qui comme Socrate difoit de Cebes, veulent pouffer les chofes iufqu'au bout, demanderont,
fi la pointe du traict qui les picque, touche
les corps folides, ou touche entre les inter-
uales : Les corps folides qu'il appelle Atomes,
font impenetrables; ils ne peuuent eftre rom-
pus; Le vuide eft incorporel, il eft donc inuiolable à toutes fortes d'ateintes. Elle tou-
chera peut-eftre la liaifon des Atomes : mais
cette liaifon fe fait par leurs angles, donc
chacun en foy eft incorruptible. Que feroit-
ce, fi on obligeoit Lucrece de nous dire
pourquoy le fentiment s'exprime en vn corps
de telle grandeur, & de telle figure, & iufques à quel degré d'altercation, il doit eftre
paruenu ? Quel changement fe fait en ce
feu, en cét air, en cette eau, ou en leurs parties les plus épurées, afin qu'ils deuiennent
vne ame, & vn principe de fentiment ? quel

doit eftre l'ordre , la fcituation & le temperament des organes, afin que cette ame les
employe. Cét air meflé d'eau & de vapeur, ne
fentoit point auant qu'il fuft entré dans le
corps, le corps pareillement n'eftoit pas fenfitif; ils fe font vnis, & les voila qui fentent:
Quelle plus heureufe metamorphofe a iamais efté trouuée ! & qu'Ouide en doit de
refte à Lucrece! L'vn change des hommes
& des Nymphes en des plantes infenfibles:
L'autre change des elemens ftupides & aueugles, en tout ce qu'il y a d'intelligent & de
raifonnable. Que fi Lucrece n'a pas connu
l'ame des beftes , comment aura-t'il connu
l'ame des hommes ? Il ne fçait , quel eft le
principe du fentiment, fçaura-t'il mieux quel
eft le principe de la raifon?

Pour Galien au traitté qu'il a fait des Facultez naturelles, il en parle auec tant de retenuë, que c'eft luy faire tort de croire qu'il
ait rien voulu determiner.

Il y en a qui difent ( ce font ces termes)
que l'Ame eft vne fubftance incorporelle:
Les autres mefmes que c'eft vn efprit : plufieurs, que c'eft vne proprieté de la fubftance des corps qui n'a point de fubfiftance particuliere. Pour moy qui decide abfolument
quelqu'autre point de la nature, parce que ie
penfe

penſe en poſſeder la verité : en ce que ie viens
de propoſer, ie me tiens à la probabilité , &
en cherche la vray-ſemblance ; bien loin de
me perſuader ( comme quelques-vns ſe perſuadent ) que i'aye vne certaine ſcience de
ce dont ie n'ay point vne certaine demon-
ſtration. Vne choſe ſçay ie bien certainement,
qu'encore que l'ame vint de dehors, elle ne
laiſſeroit pas de ſe ſeruir des organes qui dé-
pendent d'vn certain meſlange des Elemens·

C'eſt en ce ſens que ce grand Medecin a
dit, que l'Ame eſtoit vn temperament : &
deuant luy Hippocrate à pris ſouuent la chaleur naturelle, qui eſt le principal inſtrument
de l'Ame, pour l'Ame meſme, ainſi que du
Laurens l'a remarqué.  On ne s'en doit pas *L. 10. c. 3.*
eſtonner , parce qu'il n'eſt pas de la medecine de chercher , ce que c'eſt que l'ame ;
qu'entant qu'il eſt beſoin pour traitter le
corps. Il n'eſt pas neceſſaire , dit Galien , au
meſme lieu que i'ay cité , ny au Medecin
ny au Philoſophe Moral de ſçauoir la nature de l'Ame ; pource qu'il leur ſuffit de connoiſtre le temperament : ce que c'eſt que les
paſſions, & les vertus qui les moderent. Comme la Medecine n'a pour objet que la ſanté ;
C'eſt aſſez qu'elle ſçache la reſtablir , ou la
conſeruer, en oppoſant les qualitez contrai-

res aux contraires , & fortifiant les femblables par leurs femblables ; fans qu'elle fe
mefle de ce qui n'eft pas de fon fait.

Ie dray bien dauantage ; Fernel liure 4.
des caufes Cachées, dit qu'Hippocrate en fon
liure des Chairs aduoüe que l'origine de
l'Ame eft celefte , & que fa fubftance qu'il
appelle du nom de Chaleur eft immortelle.
Cette chaleur n'eft pas accident ; elle eft
fubftance qui fe meut d'elle-mefme , & qui
fe meut inceffamment : Ainfi que Galien le
remarque au liure du Tremblement & des
Friffons. Ne croy pas pourtant qu'elle foit
de ces atomes legers dont parle Epicure.
Galien ne les admet non plus que le vuide.

*Liu.4. des*
*Meteores,*
*chap.10.*
Que fera-ce fi Galien prouue que les parties eterogenes ne font pas l'ouurage des
Elemens, mais d'vne caufe fuperieure , tant
s'en faut que l'ame vienne d'eux ? Comme
le diuers meflange des Elemens, difoit Ariftote , compofe l'airain & l'argent ; mais ne
fait pas vne ferrure ny vne phiole ; Ainfi la
nature ou quelqu'autre caufe forme les organes. Qu'elle eft penfez vous cette autre
caufe ? Celle-là mefme toute intelligente &
toute fage , qui apres auoir fait au Ciel des
chefs-d'œuures du Soleil & de la Lune produit des animaux d'vne fi admirable ftructu-

re, iufques dans la lye & la bouë de l'Vniuers.
En ce qui eſt de la Medecine, dit-il ailleurs,
pour ignorer de qu'elle forte les Ames entrent dans les corps, & que les Grecs nomment Empſicofe ou Metempſicofe, ie n'en *Liu.17. de*
fuis pas moins ſçauant : car il faut touſjours *l'vfage*
que le corps ſoit bien diſpoſé pour receuoir *des parties.*
l'Ame ; & quand cette diſpoſition eſt per-
duë, il faut qu'à l'inſtant l'Ame ſ'en retire.
Que veut dire, felon Galien, que l'Ame entre
au corps, & qu'elle en fort ? ſinon qu'elle
fubſiſte de ſoy, comme vne ſubſtance ſeparée de la matiere, ce que par modeſtie il n'a
pas oſé prononcer.

Le meſme Galien au 2. liure des Tem-
peraments eſt bien eſloigné de dire, que
l'Ame en procede, comme le diſent quelques-vns. Il parle de la vertu feminale qui eſt
l'ouuriere de tout le corps : Ariſtote, dit-il,
s'eſt douté qu'elle eſtoit d'vne origine plus
excellente, & plus diuine que n'eſt pas le temperament, & toute autre que les qualitez
elementaires : ce qui me fait croire, pourſuit-
il, que ceux-là ne ſont pas trop ſages qui de-
cident auec tant de temerité & de hardieſſe
de ces grandes choſes, & aſſignent aux ſeules vertus des Elemens la cauſe de la compoſition, & de la fabrique du corps. Il eſt

bien raifonnable de penfer qu'elles feruent
d'inftrumens & d'organes pourueu, qu'on re-
connoiffe vn autre agent principal.

Par ce texte on peut voir ce que Galien a
creu de l'Ame, & s'il eft vray, felon fa penfée
qu'elle foit le temperament. Il fçauoit bien
quand vne partie eft chaude ou froide, que
cela vient de la qualité dominante : mais
que cette partie foit d'vne telle, oud'vne telle
figure, & qu'elle ayt telle ou telle proprieté,
c'eft ce qu'il ne iugeoit pas à propos de rapporter au temperament: car combien auoit-
il veu de chofes efgallement temperées, qui
ont des figures differentes ? combien ont les
mefmes figures qui font temperéesdiuerfe-
ment ? combien de Cardiaques diuers ? combien de Mineraux & de fimples, purgent les
mefmes humeurs?

Que fi la vertu feminale, n'eft pas felon
Galien, la mixtion des elemens, l'Ame
qui eft plus parfaite le fera encore moins.
Elle feroit fimple ou compofée. Peut-elle
eftre fimple, fi elle refulte de la compofition de tant de parties fimilaires & eterogenes qui contribuent chacune de leur
part à la former ? Peut-elle eftre compofée à moins que l'Ame ait vne bouche, des
yeux, & des mains ? ce qui eft abfolument

ridicule. Comment en feroit-elle compofée?
fi chaque partie qui la compofe demeure
tousjours ce qu'elle eftoit ; C'eft le fenti-
timent de Fernel. Que dirons-nous, adjoûte ce fameux Medecin, des quatre femences
froides, des Mandragores & des Laictuës? le
froid y domine entierement, & toutesfois
elles attirent les fucs de la terre, les cuifent,
les digerent, & s'en nourriffent. Ces effets
ne viennent pas de la chaleur elementaire,
laquelle en la compofition de ces plantes,
eft vaincuë par fon contraire ; ils partent donc
d'vne autre caufe.

Pomponace en la preface de fon liure de
l'Immortalité de l'Ame protefte qu'il ne doute point qu'elle ne foit Immortelle, & que
cette croyance eft indubitable, quoy qu'il
ne la croit pas conforme à la doctrine d'A-
riftote. En fon dernier chapitre, il penfe que
c'eft vne queftion problematique, comme
eft celle de l'Eternité du monde. Qu'à la
verité on ne peut apporter de raifon fi forte
qu'on foit contraint d'aduoüer qu'elle eft
immortelle : mais qu'il eft encore plus difficile de prouuer demonftratiuement fa mortalité. Cela fe iuftifie par les objections qu'il
fe fait quelquefois à luy-mefme qui luy font
tellement perdre terre qu'il s'en va chercher

*Tract. de*
*abd. rer.*
*cau.*

*Cap. 15.*
*quæstio de*
*immorta-*
*litate est*
*neutrum*
*problema*
*sicut etiam*
*de mundi*
*æternitate*
*mihi nãq;*
*videtur*
*quod nullæ*
*rationes*
*naturales*
*adduci pos-*
*sunt cogen-*
*tes anima*
*esse immor-*
*talem : mi-*
*nusq; pro-*
*bantes ani-*
*mam esse*
*mortalem.*

B iij

du secours au Ciel, à recours à l'Astrologie
Iudiciaire & à la Magie, pour eluder les preuues qu'on tire de l'Immortalité de l'Ame par
les extases, les Propheties, & les Celestes apparitions : car il respecte les monuemens publics de l'Antiquité, & pense qu'il y auroit
trop d'audace de s'inscrire en faux contre
l'histoire de toutes les nations de la terre.

Vous voyez donc que ceux qu'on a creus si
contraires à l'Immortalité de l'Ame, n'en
connoissent pas la nature, & qu'ils l'aduoüent.
Vous voyez comme ils professent qu'ils ne
recherchent pas seulement ce que c'est ; parce que c'est assez de reconnoistre la force du
temperament. Vous voyez qu'au lieu de determiner ce point, ils le iugent problematique.

Apres cela, peut-on pas dire, que pas vn
d'eux n'a pû demonstrer que l'Ame ne fust
Immortelle ? I'entend parler de l'Ame humaine. On peut aller plus auant & monstrer que
selon les principes les plus vniuersellement
receus dans l'Escole on ne peut pas demonstrer qu'aucune ame doiue perir. Aristote semble le dire nettement, quand il dit ; qu'en
chaque composé il y a quelque chose d'incorruptible, qui respond à l'Element des
Estoilles.

## CHAPITRE II.

*Que l'Ame n'est point corps, & qu'il n'y a point*
*de demonstration qu'aucune forme perisse.*

TOVT le monde demeure d'accord,
que ce qu'on appelle l'Ame , est ce
qui fait viure & mouuoir : L'Ame est donc
quelque chose. Si elle est quelque chose,
quand la dissolution du corps arriue, Il faut
qu'estant composée , elle vienne à se resoudre en ses principes, ou qu'estant simple , elle demeure ce qu'elle estoit auparauant.

Epicure en tomberoit d'accord: parce que
comme du neant ne se fait aucune chose ; Aucune chose aussi ne peut estre reduite
à neant. Si vous dites que l'Ame est composée; dites dequoy; Est-ce des Elemens, ou
de cette cinquiesme essence, qu'il vous plaist
de nommer Ether. Mais pourquoy est-ce
que ce corps celeste n'ayant qu'vn mouuement, & les Elemens chacun le leur, l'Ame
en a tant, & de si diuers?

On respondra, que la plus pure partie de
l'Ame est de cette cinquiesme essence , la-

quelle ſe mouuant en rond , enferme emi-
nemment tous les autres mouuemens: que
ſa partie la plus baſſe eſt faite des Elemens
qui luy communiquent chacun le leur; c'eſt
pourquoy l'Ame meut le corps en tout ſens.
Mais , qu'eſt-ce qui retient tous ces elemens vnis enſemble ? Eſt-ce la partie ſupe-
rieure , cette ſexte eſſence , (diſoit vn ſçauant railleur) qui n'eſt qu'vn nom vain & ima-
ginaire , vne pure inuention de l'eſprit de
ceux qui ſemblent dire quelque choſe à lors
qu'ils ne diſent rien. La terre en ſa plus pure partie n'a pas tant de pureté que l'eau,
l'eau que l'air, l'air que le feu, & le feu, que
ce que vous appellez Ether: Cependant le
feu qui eſt le plus pur , & le plus ſubtil des
Elemens , ne ſent, ny ne raiſonne : rafinez-
le d'auantage qu'il n'eſt pas , comme eſt celuy des Aſtres, Il ſera touſjours de la meſme
eſpece, il ne raiſonnera donc point. De rien,
ne ſe fait pas quelque choſe. Ie demande,
d'où vient la raiſon ? S'il n'y a point de corps
qui la poſſede, il n'y a point de corps qui la
puiſſe donner. Les Elemens n'ont point de
ſentiment, ny d'intelligence, l'Ame en eſt le
principe dans les beſtes , & dans les hommes.
Expliquez nous ce myſtere , & vous nous
tiendrez lieu d'Apollon.

Le

Le meflange, peut-eftre, & le temperament
fera cét effet : mais fi le meflange affoiblit &
rabat l'actiuité de chaque element : Si le feu
meflé à fon contraire agit plus foiblement
qu'il ne faifoit auparauant , ou le deftruit
tout à fait : Comment eft-ce que le feu ne
raifonne point quand il eft pur, & dans toute l'eftenduë de fa puiffance : & lors qu'il eft
alteré & diminué de force , il produit des
actions d'vn autre ordre & incomparable-
ent plus releuées ?

Les Elemens tendent bien plus certainement à leur centre, & par des voyes bien
plus droites que les hommes ne vont à leur
fin ; Ils ne manquent iamais de faire l'action
qui eft la plus conforme à leur nature , & la
font neceffairement ; d'où peut donc venir
la liberté des hommes, & comment peuuent-
ils errer en leur conduite ? Croirons-nous
que le fentiment, la liberté, & l'intelligence
viennent de ce feu purifié qu'Epicure appelle
Ether ? Certainement c'eft icy que la maxime
à lieu, Le plus & le moins ne changent point
l'effence des chofes, L'eau n'eft pas plus eau
qu'vne autre pour eftre plus purifiée , & la
nature qui met des bornes par tout, ne fouffre point le paffage d'vn genre en l'autre.
Cela n'eft iamais arriué qu'au pays des Me-

C

TRAITTÉ

tamorphoses. Le sensible & l'insensible, sont
des differences opposées qui ne peuuent pas
estre confonduës. Que sera-ce du libre & du
necessaire?

Certes, on ne peut pas dire que l'Ame soit
corps, si elle n'est terminée d'aucune figure; si elle n'exclud point le corps du lieu
où elle est, ou plustost si elle n'est point
comprise dans aucun lieu, puis que c'est elle
qui comprend, & contient le corps, la
preuue, c'est qu'il se dissout & tombe par
pieces dés que l'Ame s'en est retirée, que si
l'Ame n'est point corps, elle n'est pas le temperament qui resulte de plusieurs petits corps
diuersement meus & diuersement figurez.

L'origine de l'erreur vient de ce que les
premiers Naturalistes qui n'auoient pas encore vne exacte connoissance de la Nature,
se sont arrestez seulement au materiel, & au
sensible. Ils ont tout rapporté à la matiere,
qui est la derniere de toutes les causes, &
plustost vne condition, sans laquelle l'efficiente & la finale n'agiroient point, que non
pas vn veritable principe. Elle est stupide, &
immobile: à moins que d'estre remuée, elle
ne se meut pas.

Leur grande maxime, que rien ne peut
mouuoir ny estre meu sans estre corps, a

esté conuaincuë de fausseté par ceux qui ont demonstré, que pour n'aller point à l'infiny, comme on ne le peut pas dans les productions naturelles, où l'ordre est si parfaict & si exact, il faut que d'vne seule cause independante, & sans matiere tout le reste depende necessairement.

*Sans se mouuoir Elle meut toutes choses.*

Ce qui ne peut arriuer à pas vn corps, non pas mesme au corps celeste. Tout ce qui est meû est meû par vn autre, & nul corps ne se meut soy-mesme : Car où il se mouueroit selon son tout, où il se mouueroit selon ses parties : Il ne peut pas se mouuoir, & estre meû selon son tout, il agiroit, & souffriroit à la fois : Il seroit ensemble moteur & mobile. Vne partie ne meut pas le tout ; Elle-mesme est corps & souffre la mesme difficulté. Il faut donc que le premier moteur ne soit point corps, & cette demonstration est plus certaine qu'aucune demonstration de Mathematique, estant fondée sur ce principe vniuersellement reconnu, qu'il est impossible qu'vne mesme chose soit & ne soit pas. Ce fust par cette raison que le Philosophe diuin asseuroit, que l'Ame qui est principe de son action & des mouuemens du corps, ne peut pas estre corporelle : car encore que les ob-

C ij

jects luy donnent des occasions d'agir , elle
seule se determine.

Il est necessaire que cela soit ; & il ne faut
pas doûter de ce qui est indubitable , parce
qu'on ne sçait pas comme il est.

La nature a incomparablement plus de
voyes de faire les choses , ainsi qu'Epicure
disoit , que nous n'auons de les connoistre.
Au moins ne peut-on pas dire que la matiere
soit actiue d'elle-mesme: plus on en est char-
gé, moins on est propre à l'action.Les extraits
que l'on tire des corps sont pour cette rai-
sont plus agissans que les corps mesmes ; &
par experience on sçait qu'elle est la vertu
des essences. Que si la matiere souffre & n'a-
git point, il y a donc dans les corps quelque
autre principe d'agir , lequel se sert des qualitez elementaires , ainsi que du nombre,
de la grandeur , & de la figure des parties,
comme de ses instrumens. Les Epicuriens
mesmes semblent en ce point ne disputer
que du nom. Ils admettent dans leurs atomes vn mouuement perpetuel qui n'est ny
figure ny atome; c'est là leur premiere cause
efficiente & incorporelle , sans doute à meilleure tiltre que n'est le vuide & le temps, &
incomparablement plus réelle. Si leur plaisoit
d'appeller Ame, ce qu'ils appellent mouue-

ment ; nous ferions peut-eftre d'accord.

Quelqu'vn me demandoit dernierement, d'où viendroient ces Ames? Ie luy demandé d'où viénnent ces petits corps Spheriques, & impenetrables qu'on n'a iamais veus, & qu'on ne verra iamais. Epicure mefme aduoüe qu'ils ne font comprehenfibles que par le difcours. Ie le prié de me dire d'où vient ce mouuement perpetuel en chaque Atome. Si l'Ame eft principe de mouuement ; diroit-on pas que chaque Atome à fon Ame? & s'il y a vn mouuement vniuerfelment efpandu; en quoy differe-t'il de l'Ame du monde? d'où vient que des Atomes, les vns font d'vne figure les autres d'vne autre, puis qu'ils font tous deux-mefmes efgallement? qu'on nous affigne la caufe de leur difference: autrement n'eft-ce pas fe ioüer à plaifir, & faire pluftoft vn fonge que philofopher?

Plotin en fes Encneades, Marfile fon interprete, & le Platonicien Alcinous nous pourront dire d'autres raifons. L'Ame, difent-ils, meut tousjours, elle eft principe de fon mouuement, ou de fon action: ce qui eft vie par fa nature, n'eft pas fufceptible de fon contraire, & ne s'abandonnera pas foy-mefme. Elle ceffera d'eftre, dira-t'on, faute d'vn fujet qui la fouftienne : mais l'Ame n'eft pas vn accident ; c'eſt vne ſubſtance.

C'eſt bien plus. Il eſt difficile de demonſtrer par les principes de la Philoſophie ordinaire ( qui eſt celle d'Ariſtote ) au moins comme elle eſt vulgairement expliquée , qu'aucune Ame ſoit mortelle.

*Voy Fernel ileure 2. des icauſes.*

Les Peripateticiens, pour le prouuer, diſent. Qu'elle eſt extraitte du ſein de la matiere : Mais il ſeroit à ſouhaitter qu'ils ſe vouluſſent donner la peine de bien éclaircit ce poinct. Car il eſt, ce ſemble, aſſez mal-aiſé, que la matiere qui n'eſt point actiue puiſſe produire la forme qui eſt beaucoup plus noble qu'elle, & principe des actions du compoſé. Que ſi la matiere ne fait que receuoir la forme, ainſi qu'vn vaſe reçoit la liqueur : Il faudra chercher ailleurs la cauſe de ſa production. Seront-ce, les qualitez Elementaires ? mais ce ne ſont que des accidens. Ils paſſeroient la Sphere de leur actiuité, s'ils produiſoient l'Ame, laquelle ſelon l'aduis du Licée, eſt vne ſubſtance. Ces qualitez agiſſent, dit-on, par la vertu de la cauſe efficiente ; Ie le veux, mais cette vertu eſt encore vn accident, & la queſtion reuient tousjours. Vne partie de l'Ame des parens, paſſe peut-eſtre auec la ſemence : L'Ame ſe partage donc & ſe diuiſe, & le pere qui a fait beaucoup d'enfans, à perdu beaucoup de portions de son Ame. *Liure 2. de la generat. des anim.3.* L'Ame est donc vn corps , mais nous auons monstré le contraire. Que si l'Ame est diui-sible, ie dis celle des animaux, il faut qu'il y ait quelqu'autre chose que l'Ame , qui en reünisse les parties ; cependant c'est elle qui donne la continuité aux organes du corps differens de forme, de scituation de lieu, & d'vsage ; c'est elle qui fait que tous ces mem-bres diuers se raportent à la fin qu'elle se pro-pose, qui est la conseruation du tout. Il faut bien que ce soit l'Ame , ou quelqu'autre puis-sance qui les alie, autrement ils seroient seu-lement contigus. Cette continuité se fait par le raport de plusieurs facultez, & de plusieurs organes à la substance de l'Ame , comme à leur centre, comme à leur source vnique & indiuisible. Certes, les corps organisez ne sont corps des animaux, & des hommes , qu'en-tant que toutes leurs parties s'entretiennent ensemble par vn lien commun qui les serre, & vne vertu particuliere qui les maintient: quand elles sont separées, & que leur vnion est rompuë, le corps n'est plus ce qu'il estoit auparauant : Il n'a plus sa premiere consi-stance. On peut conclurre de là, que si l'A-me conserue le corps & arreste le flus per-petuel de la matiere : Il n'y a pas grande ap-

parence que la matiere demeure incorruptible, & que la forme qui luy donne ſa perfection, & répand ſur elle la beauté par qui ſa
diformité eſt effacée, ſe corrompe & s'anean-
tiſſe. Outre que toute la Philoſophie tant des
Egyptiens que des Grecs à cette maxime pour
fondement, qu'aucune choſe ne perit en la
nature, & comme de rien on ne produit quoy
que ce ſoit, quoy que ce ſoit ne peut eſtre
reduit à rien.

Ie laiſſe vne infinité de preuues, qu'on peut
lire dans les Comentaires des Sectateurs d'Ariſtote, ſur ce qu'il eſcrit, que l'Ame n'eſt pas
diuiſée en vegetante, mouuante, & ſenſitiue,
comme en des parties ſeparées; ainſi que le
corps en teſte bras & jambes, mais comme
en ſes puiſſances ou facultez; ainſi peut eſtre
que la nature du feu eſt diuiſée en pluſieurs
vertus, de luire, d'eſchauffer, d'aſſembler & de
diſſoudre. Coupez meſme vn inſecte en deux,
les deux parties ſeparées ont chacune du ſentiment & du mouuement. Si elles ont du ſentiment, elles ont la fantaiſie, & la faculté con-
cupiſcible : car par tout où il y a du ſentiment,
il y a de la douleur & du plaiſir, & où ces paſſions ſe rencontrent, l'apetit ſenſuel ſe rencontre auſſi.

Que ſi l'Ame n'a point de parties, ſans
doute

Ariſtote
liure 2. de
l'Ame
chap. 2.

doute elle eſt indiuiſible & ſimple, ce qui
eſt ſimple, eſt indiſſoluble, ce qui eſt indiſſoluble eſt immortel. Telle eſt la nature de *Zabar. l. 1.*
l'ame, elle n'eſt donc ny corps ny compoſée *ſur le liure*
de corps, au moins s'il n'y a point de corps *de l'Ame*
indiuiſible : S'il n'y a point de corps ſans *d'Ariſtote.*
quantité. Ie croy qu'il n'eſt pas neceſſaire de
rapporter icy toutes les raiſons des Platoniciens ſur la ſimplicité de l'Ame, mais ie penſe qu'il eſt à propos de répondre à deux difficultez, qui d'abord ſemblent ſpecieuſes.

La premiere. La Nature ne fait rien en vain,
& les formes, où les Ames ne ſont faites
que pour agir ; & par conſequent, s'il arriue
que leurs organes ſoient tellement corrompus, qu'elles ne s'en puiſſent plus ſeruir.
Elles ceſſeront d'eſtre pour n'eſtre pas inutiles, car leur action eſt la fin que la nature
ſe propoſe.

Ie reſpons premierement, que les Epicuriens qui penſent que tout arriue par hazard,
ne peuuent faire cette opoſition, puis qu'ils
n'admettent point de cauſe finale.

Secondement, ie dis, que les choſes ſont
faites pour agir autant qu'il eſt à propos, &
que les diſpoſitions s'y rencontrent. La raiſon & la liberté ſont-elles inutiles dans les
enfans, quoy qu'elles n'operent pas encore?

D

Elles agiront quand il fera temps. Ie ne voy pas ce que les Scolaſtiques pourroient reſpondre. Et quand eſt-ce qu'agiront ces ames, dont les organes ſont détruits?

Les Naturaliſtes reſpondent, que l'air eſt le grand receptacle des formes, leſquelles par les reuolutions des Aſtres, & les mutuels échanges des Elemens, compoſent de noüueaux mixtes quand elles les trouuent diſpoſez à les receuoir, y preparent elles-meſmes leur entrée, par vne vertu qui leur eſt propre, & perpetuent ainſi les generations ſublunaires.

*L. 1.* Le Poëte Lucrece n'eſt pas fort eſloigné de cette penſée, quand il dit;

*Ainſi que les ruiſſeaux s'eſcoulent dans la mer,*
*Tout ce qui part des corps ſe va rendre dans l'air,*
*Et ſi l'air ne rendoit ce qu'il reçoit du monde,*
*Le monde n'auroit plus de ſemence feconde.*

Cét air meſme, comme vne Ame vniuerſelle qui s'accorde à ſes organes, ſelon les inſtrumens diuers que l'on touche, fait icy vne harmonie, & là vne autre : ſi on les caſſe l'air ne reſonne plus : ſi on les racommode il pourra reſonner autant que iamais.

D'autres, comme Anaxagore, ſemble auoir imaginé le premier; diſent, que toutes les formes ſont cachées dans les Elemens, ainſi qu'en leurs matrices generales, où elles at-

*Semper enim quodcunque fluit de rebus id omne*
*Aëris in magnum fertur mare qui niſi contra*
*Corpora retribuat rebus recreetque fluentes*
*Omnia iam reſoluta forent, & in aëra verſa.*

tendent leur temps & leur ordre pour paroi-
tre au iour ; soit qu'elles y soient ramenées
par quelqu'vnes de leurs especes, soit qu'elles y viennent d'autre maniere.

La preuue de cecy est presque sensible, en
ce que toute terre & toute eau ne produisent
pas toutes choses. Les Sapins croissent sur les
montagnes, ils ne viendroient pas dans les
valées : & il y a des Mers & des Riuieres où
s'engendrent seulement certains genres de
poissons.

La seconde difficulté, c'est, que si aucune
forme ne s'aneantit, il suiuroit de là, que
toutes les ames seroient immortelles, & non
pas seulement celle de l'homme.

Sur cela, il y a trois obseruations à faire.

La premiere, que tout ce que ie viens de
dire est contre les parricides de l'Ame, les-
quels tant s'en faut qu'ils puissent demontrer
que l'Ame raisonnable est mortell ; qu'ils
ne peuuent pas mesme demonstrer que l'ame
des bestes le soit : S'il est vray comme toute la
Philosophie l'enseigne, qu'aucune substance
ne se peut aneantir. De dire, que cela est vray
du tout, ou du composé, & non pas de chaque partie : c'est vne distinction faite à plaisir
pour eluder la difficulté.

La seconde. Les formes naturelles que cette

opinion fait incorruptibles, n'auront pas plus
de durée que le monde Elementaire, pour
l'entretien duquel, elles ont premierement
esté crées, parce que la fin cessant, les choses qui s'y raportent doiuent cesser.

En fin, quand les ames des animaux seroient aussi incorruptibles que la matiere
premiere, où les Atomes, ce que personne
ne trouue estrange, leur Immortalité ne peut
estre, à proprement parler, ny heureuse, ny
mal-heureuse, parce que la felicité consiste
aux actions de l'entendement & de la volonté; puissances dont les bestes sont denuées.
Comme elles ne sçauent ce que c'est du vice
& de la vertu, d'où vient qu'elles n'ont point
de repentir, ny de remords, non plus que de
conscience & de satisfaction interieure, elles
ne peuuent receuoir apres la dissolution du
corps, ny punition, ny recompense. La Iustice du Ciel n'a rien a faire pour ny contr'elles apres la mort. Il n'y a que sur l'Ame humaine que s'exerce la Prouidence de Dieu
par les chastimens, & par les bien-faicts. Il
n'y a qu'elle de capable de s'esleuer à son
Autheur par la connoissance, & par l'amour,
qui sont les deux aisles mysterieuses, dont les
Platoniciens ont tant parlé. Il n'y a que cette fille de lumiere qui puisse se reünir à son

Pere, pour en ioüyr eternellement.

Ces confiderations, ne touchent pas feulement les Chreftiens, elles ont touché les
Philofophes, comme il fe void dans le Phedre,
& dans le Phedon. Et pour moy ie trouue que
ce dilemme des Anciens; Si l'Ame furuit au
corps il ne faut pas craindre la mort, & fi elle
perit auec luy, il ne la faut pas craindre, parce
que ce qui n'eft point ne fouffre pas: Ie trouue
dis-je, que cette raifon peche, en ce qu'elle
ne femble point admettre de Iuftice en Dieu,
ny de prouidence. Il ne feroit pas iufte, s'il
traittoit efgalement apres la mort des hommes, dont la vie a efté fi opofée, comme eft
celle des bons & des méchans.

Il eft bien vray qu'apres le trefpas, nous
n'auons plus de part à tout ce qui fe paffe fouz
le Soleil: mais c'eft au fens que dit le Sage, &
parce que la fortune, quelque puiffante, &
quelque maligne qu'elle foit, échoüe contre
le fepulcre, comme au deçà du tombeau, la
jeuneffe & la volupté s'éuanoüiffent. Ce qui
m'a fait dire autresfois:

*L'on pert le fentiment des miferes paßées*
*Et par le cours des ans elles font effacées.*
*Il n'eft plus de parens, il n'eft plus de maris*
*Qui prennent d'intereft au crime de Paris.*

*Et sans estre touché de douleur ny de ioye,*
*On lit la mort d'Achille, & la cheute de Troye.*
*Iugeons par le passé, du lointain à venir :*
*Quand la rigueur du temps nous aura fait finir,*
*Soit que l'Elbe & le Rhin débordez sur la terre*
*A l'Empire des Lys viennent porter la guerre,*
*Soit que le Tage enflé de flos d'argent & d'or*
*Au trauers de nos champs se precipite encor :*
*Dans ces noires fureurs tout ce que Mars re-*
   *clame,*
*Le sanglant desespoir, la discorde & sa flame*
*Ne r'alumeront pas le moindre sentiment*
*Dans l'eternelle paix de nostre monument.*
*Il n'en faut point douter, & si tu t'imagines*
*De prendre quelque part dans toutes ces ruïnes,*
*Ton foible esprit se fait des mal-heurs superflus,*
*Et pense que l'on vit, à lors qu'on ne vit plus.*
*On ne remonte point sur le vaste theatre*
*De ce grand Vniuers que ton ame idolatre :*
*La fortune cruelle en ses inuentions*
*Ny fera plus pour toy iouër ces passions,*
*Qui d'Acteurs insensez remplissent tant de*
   *Scénes*
*Et qui baignent de sang les fatales Arénes.*


Les mouuemens de la partie inferieure sont
de l'homme & non de l'ame: Ils sont du composé, & non de cette partie separée. Mais com-

me cecy n'eſt pas de mon ſujet, il ſuffit d'auoir
monſtré qu'aucune ame Ame n'eſt corps, &
qu'elle ne peut eſtre aneantie.

## CHAPITRE III.

### Remarques neceſſaires à la connoiſſance de l'Ame.

C'EST vn ordre inuiolable dans la nature,
que ce qui eſt diuiſé dans les choſes baſ-
ſes, eſt réüny dans les plus hautes. La plante
enferme l'eſtre des mixtes, & quelque choſe
de plus, puis qu'elle à la vie: L'animal contient la vertu vegetatiue des Plantes & le ſentiment: L'homme à tout ce que peut auoir
l'animal, & à encore la volonté & l'intelligence; la raiſon, c'eſt que toute multitude
ſe reduit à l'vnité.

2. Ces diuers degrez qui font diuers genres de choſes, & qui en compoſent differens
ordres, quand ils ſont ſeparez, ne font qu'v-
ne eſpece, quand ils ſont en vn ſujet qui les
comprend tous, & ne different entr'eux que
par noſtre raiſonnemenr. Vne ſeule forme,
ame, ou puiſſance ( ainſi qu'il vous plaira l'appeller ) conſiderée ſelon ſes diuerſes fon-

ctions, reçoit aussi des noms diuers. Et comme la vertu de luire, d'échaufer, de seicher, de brûler, de fondre, n'est qu'vne simple & mesme vertu du Soleil diuersement appliquée: de mesme le principe de mouuoir, de voir, d'oüir, de connoistre & d'aimer est vnique: c'est l'Ame indiuisible en elle-mesme, qui selon les differens objets & les organes du corps, fait icy vne action. & là vne autre. C'est ainsi que l'Ame combatuë, tantost par la raison, & tantost par les sens, semble contraire à elle-mesme, & que la chair & l'esprit selon les diuers motifs qui nous poussent, & les diuerses circonstances nous font agir diuersement. Il ne faut point pour cela multiplier vne chose vnique, comme Platon a fait quelque part. Car en vain chercheroit-on plusieurs causes quand vne seule cause suffit; puis que l'ordre de la nature est de prendre tousjours la voye la plus courte & la plus aisée. Les Philosophes pour parler plus distinctement des operations de l'Ame, & pour éuiter la confusion, l'ont diuersement partagée, & ont donné plusieurs noms, à ce qui n'est qu'vne mesme chose. S'il y auoit deux Ames en l'homme, il resteroit à demander ce qui les vniroit ensemble, & cela mesme seroit plustost l'Ame.

S'il

S'il y auoit deux Ames en nous, elles feroient perpetuellement oppofées, iamais l'v-
ne oubliant fon propre bien, & fon plaifir
propre ne pourroit eftre contrainte ny per-
fuadée de fuiure les inclinations de fon en-
nemie. L'imagination n'eft point raifonnable
pour eftre conduite par la raifon, & l'entendement qui feroit tout à foy, & tout feparé
des fens ne pourroit eftre attiré des objets
fenfibles. Certainement, apres que l'homme
qui eft cópofé de corps & d'ame a deliberé fur
vne chofe où il y auoit à penfer, parce que ce
qui eft agreable à vne partie, n'eft pas tousjours honefte à l'autre: c'eft enfin par l'acquief-
cement des deux que le choix fe fait. Celuy
qui eft continent prefere ainfi la vertu au vice, & fon deuoir à la volupté. De cette victoire
qui fe gaigne fans effufion de fang; L'homme tout entier fe réjoüit: il n'eft point en cela diuifé d'auec luy-mefme : le fens, la phantaifie, & la raifon font d'accord en luy: ces facultez n'ont garde d'eftre oppofées, puis que
l'vne fert de degré pour monter à l'autre, &
que c'eft fur ce que nous auons fenty & imaginé, que nous raifonnons. Si elles font quelquesfois contraires, la contrarieté ne vient pas
de leur nature; elle vient des habitudes qu'on
a contractées. Dans l'homme intemperant, &

E

& dans le temperant cette contrarieté ne se trouue point.

L'Ame semble disputer auec elle mesme, Elle est douteuse & irresoluë; quand vn seul bien ne se presente pas à elle, mais plusieurs qui ne sont pas de mesme nature, & qu'elle ne peut obtenir ensemble. Et toutesfois aussi tost qu'elle s'est determinée, elle ne dispute plus, & se porte librement à ce qu'elle ayme, comme si elle auoit brizé ses chaisnes. L'imagination alors ne resiste plus à la raison, ce qui fait voir qu'vne seule Ame raisonne & imagine, & que rien ne peut empescher que ce qui est en l'homme le principe du sens, ne le soit de l'intelligence. Autrement on pourroit entendre sans le secours de la phantaisie, ce qu'Aristote ne conçoit pas.

On pourroit dire que ces deux Ames seroient subordonnées l'vne à l'autre, comme l'Eschole le dit; mais ce qui seroit d'vn genre diuers, & d'vn ordre tout contraire pourroit-il estre subordonné?

3. La troisiesme proposition: Ce qui donne la perfection à autruy, la peut bien auoir *Arist. l. 1.* pour soy, comme le Soleil qui fait tout voir, *de l'Ame* se fait bien voir luy-mesme. Il n'est pas ne-*chap. 3.* cessaire, que ce qui est bon de soy, ou à

cauſe de ſoy, le ſoit par vn autre, ou à cauſe
d'vn autre.

Pour bien éclaircir cette maxime, qui fait
vn des principaux fondemens de ce diſcours ;
On remarque qu'il y a deux ſortes de perfection : les vnes ſeparables, & les autres in-
ſeparables des ſujets où elles ſe trouuent. La
figure ne ſe peut ſeparer de la choſe figurée,
La forme d'Alexandre ne ſubſiſte pas d'elle-
meſme, ſans le Marbre & ſans le Bronze. Il
n'en eſt pas ainſi de la lumiere, qui eſt la perfection des corps diaphanes, puis qu'elle les
rend actuellement clairs & luiſans : Elle ſe
meſle auec l'air, & penetre toutes ſes parties,
mais elle ne s'y confond pas : elle s'en retire
& s'en ſepare. La lumiere, dit-on, eſt vne
ſubſtance, ou vne qualité attachée à vne
ſubſtance ſeparée de l'air. Il n'importe : car
l'entendement de l'homme eſt auſſi vn ſubſtance, ou vne qualité attachée à vne ſubſtance ſeparée du corps. Et par vne preuue
auſſi claire que le iour, nous voyons, comme
deux ſubſtances, l'air & la clarté du Soleil,
peuuent parfaitement s'vnir, ſans eſtre confu- *Liure 3.*
ſes : Ariſtote pour cette raiſon compare l'en- *de l'Ame*
tendement qui agit à la lumiere, & dit que *chap. 6.*
luy ſeul peut eſtre ſeparé du corps.

En ſa Metaphyſique, Il parle contre les *Liure 4.*
*chap. 3. de*

l'impreßion de Paris. idées de Platon, & dit, que les caufes mou-
uantes peuuent exifter auparauant leurs ef-
fets, & non pas les caufes formelles. La fanté, dit-il, n'a pas precedé l'homme fain, la figure circulaire n'a pas efté deuant le cercle: que s'il y en a quelques-vnes qui puiffent fubfifter apres la diffolution : car il y
en a ou rien n'empefche, c'eft ce qu'il faut
examiner, fçauoir, fi l'ame eft telle, non pas
toute : mais l'entendement feul.

Par ce texte on void deux chofes. La premiere, qu'Ariftote à crû que l'Ame, ie dis
l'intellectuelle mefme, n'a pas efté deuant la
matiere, ainfi que Platon fe figuroit. La feconde. Que l'Ame intellectuelle peut fubfifter apres le corps fuiuant cette penfée. Les
Sages ont reconnu que l'Ame humaine eft
plus fa propre perfection, qu'elle n'eft pas
celle du corps.

Arift. l. 2. de l'Ame chap. 2. Ariftote l'a énoncé en d'autres termes.
L'entendement, eft vn genre d'Ame ( mar-
quez ce mot) feparable des autres, comme
ce qui eft eternel de ce qui eft corruptible.
Par là il tefmoigne affez qu'il a creû que fi
l'ame humaine periffoit en fe feparant, comme forme & perfection du corps ; ou plû-
toft, fi elle ceffoit d'agir en qualité de vegetante & de fenfitiue apres la diffolution des

organes, que cela n'empeschoit pas qu'elle ne
subsistast comme intelligente, & comme faisant sa propre perfection elle-mesme. Ces di-
stinctions bien entenduës, peuuent accorder
tous les textes d'Aristote qui paroissent contraires, & où il semble dire, tantost que toute Ame est mortelle, tantost que toute Ame
ne l'est pas.

## CHAPITRE IV.

### De la definition de l'Ame.

L'Ame, à parler generalement, est ce qui
anime le corps ; ou bien c'est ce qui
donne la vie au corps organique. Ou bien
encore : c'est l'essentielle perfection de la
matiere où elle est.

L'Ame est inseparable du sujet qu'elle anime, comme l'impression du cachet est inseparable de la cire. L'Ame intellectuelle mesme, quoy que selon Aristote, elle soit vne
autre genre d'Ame, ne peut entant qu'elle
anime, estre separée du corps humain. La
contradiction seroit manifeste, elle animeroit
& n'animeroit pas.

Cette definition conuient à toutes les especes d'Ames : en voicy vne particuliere à l'Ame humaine.

L'Ame, eft la perfection du corps & la fienne mefme; ou ce qui reuient au mefme fens; l'Ame, eft le principe de viure, de fentir, de mouuoir, de raifonner & d'entendre.

Il faut voir ce que c'eft que cette perfection, on verra en fuitte qu'elle elle eft.

L'Ame humaine conuient auec toutes les autres Ames, en ce qu'elle eft la perfection d'vn corps; donc fi les autres ames font des fubftances, l'Ame humaine en fera vne.

Nous auons desja fait voir que l'Ame n'eft point corps, qu'elle n'eft point l'harmonie des humeurs ny la proportion des parties : Il s'enfuit donc qu'elle eft au corps, comme en la matiere dont elle eft l'effentielle perfection & où elle fe fert diuerfement & de l'harmonie des humeurs, & de la proporion des membres, felon la fin où elle tend. Ce font les inftrumens de cette caufe principale qui eft la fource de la vie. Or la vie fe dit en plufieurs façons ce que nous verrons tantoft plus clairement.

Il faut dire maintenant que la fubftance eft principalement ce qui eft; & toute fubftance eft forme ou matiere : ou bien ce qui eft compofé de l'vn & de l'autre. Nous par-

lons icy phifiquement. La matiere de foy
n'eft point pluftoft vne chofe qu'vne autre,
elle n'eft ny cecy ny cela : la forme eft ce
qui fait que les chofes font ce qu'elles font,
foit Plante, foit Animal, foit Homme : cette
forme s'appelle Ame, cette matiere s'appelle corps, l'Ame eft ce qu'il luy donne fa perfection, & partant, fi le corps eft vne fubftance, à plus forte raifon il faut que l'Ame
en foit vne.

On pourroit encore s'exprimer ainfi, des
corps naturels qui fans contredit font des fubftances, les vnes ont vie les autres n'en ont
point. Tout corps eft nommé viuant, lequel
prend nourriture & croiffance par le principe
qui eft en luy : Ce principe eft l'Ame, & par
confequent tout corps viuant eft vne fubftance compofée du principe de la vie & de
ce qui eft capable de la receuoir. Or comme
de rien ne fe fait pas quelque chofe, la fubftance ne fe fait point de ce qui n'eft pas
fubftance, l'Ame donc de laquelle tout ce
qui vit eft principalement compofé, comme du principe de fa vie, eft fubftance neceffairement. L'Ame humaine eft principe de
vie en l'homme, l'Ame humaine eft donc neceffairement vne fubftance. Voila comme
elle eft la perfection du corps humain ; il

reste à voir, comme elle est elle-mesme sa
perfection, parce qu'elle est vn autre genre
d'Ames que ne sont les autres : pource qu'elle
est principe d'vne puissance qui n'est la perfection de quelque corps que ce soit.

*Lib. 2. c. 1.*
*Cum nul-*
*lius corpo-*
*ris sint actu*
Nous auons remarqué que l'Ame est ce qui
donne la vie au corps, & selon que l'A-me est
d'vn degré plus bas ou plus releué, elle donne
vne vie plus basse ou plus releuée. Viure n'est
pas seulement se nourrir & croistre, le sentiment est vne vie, la raison est vne vie & l'intelligence aussi. Et ces diuers genres de vie
different entr'eux, comme le carré du trian-
gle & le pentagone du carré, comme quatre
different de trois, & trois different de deux.
Sans aucune réelle distinction les figures &
les nombres suiuants, enferment ce qui les
precede, c'est ce que l'on dit ordinairement qu'ils contiennent leurs inferieurs en
puissance & en possedent les vertus.

Dés l'instant donc que l'Ame intellectuelle
est dans le corps, la faculté de se mouuoir &
d'engendrer, celle de sentir & de se mouuoir,
de raisonner, & de contempler s'y rencontrent : sans que les vnes soient aucunement
separées des autres que par les organes qu'elles employent. En vn mot, c'est la mesme
Ame qui nourrit par la chaleur naturelle, en-
gendre

gendre par la femence, fent par les fens, imagine par la fantaifie, & entend par elle-mefme, parce que fa faculté d'entendre, & fon
effence ne font qu'vn. En cela principalement
elle eft vn autre genre d'Ame. Elle ne feroit
point Ame, fi elle n'eftoit capable d'animer
vn corps, Si elle n'en pouuoit eftre la perfection : mais elle eft vn autre genre d'Ame;
Si elle eft fa perfection elle-mefme,& fi elle
peut agir toute feule.

Quand Ariftote a parlé de l'Ame & des *Liu.2.c.1.*
fes puiffances, comme eftant infeparables du
corps, il fe reprend, & dit, qu'il n'entend
point parler de celle qui n'eft point l'acte,
comme l'on dit dans l'Efchole, ou la perfection du corps. Et fi l'on replique que cela eft contraire à ce que nous difions, que
l'Ame humaine eft la perfection du corps humain. Il eft aifé de refpondre que le Philofophe parle de la partie fuperieure de l'Ame,
comme fuperieure, c'eft à dire, comme eftant
purement contemplatiue, & fans aucune dépendance de la matiere : Il la regarde là, non
pas comme faifant partie d'vn tout : mais
comme eftant elle-mefme ce qu'elle eft. Ce
qui n'empefche pas que ce ne foit la mefme
Ame, laquelle fait dans le corps, dont elle
eft d'ailleurs la perfection, toutes les fon-

E

ctions qui font communes à l'homme auec les animaux & auec les plantes.

Liu. 10. des Mor. c. 7. Ariftote fait encore cette diftinction de l'ame, entant qu'elle agift auec le corps, & qu'elle agift d'elle-mefme. La fpeculation, dit-il, eft propre & particuliere à l'homme, parce que c'eft la fonction de ce qui luy donne l'eftre, fçauoir l'entendement. Car chaque chofe eft principalement ce qui eft en elle, de dominant & de plus parfait, & ce qui eft tel luy eft tres-propre & tres-agreable. Il eft vray que la fpeculation ne luy conuient pas entant qu'homme, c'eft à dire, ainfi qu'il l'explique luy-mefme au mefme endroit, entant qu'il eft compofé d'ame & de corps.

Par là ce Genie de la nature fait voir que le corps & la phantaifie ne contribuent rien en nous à la vie purement contemplatiue; par là on connoift qu'Alexandre Aphrodifée, & Auerroez ne l'ont pas entendu, puis que leur intelligence vniuerfelle n'eft point l'effence de l'homme : par là peuuent eftre conuaincus ceux qui difent qu'Ariftote n'appelle iamais Ame l'entendement : car puis que l'effence, la forme ou l'Ame, eft la mefme chofe, l'entendement ne peut eftre l'effence de l'homme qu'il n'en foit l'Ame.

Liu. 2. c. 2. Ce qui eft animé, dir encore ce Philofo-

phe, eft differant de ce qui ne l'eft pas en ce
qu'il vit : foit que la vie, qui fe prend en
diuerfes façons, foit efprit, fentiment, mouuement ou repos. Il employe là le mot de *Mens*
fi celebre dans l'Academie & le Lycée, & dit,
que c'eft la vie de ce qui eft animé. Donc
l'entendement eft l'Ame : car l'Ame & la vie
font mefme chofe en cét endroit.

Apres, parlant des differentes efpeces d'a-
mes : Il y a des corps, dit-il, qui n'ont que *L. 2. c. 3.*
l'ame vegetatiue ; d'autres ont là fenfitiue,
fans le mouuement ; d'autres ont mouuement & fantaifie ; l'homme à de plus l'imagination & l'entendement , & s'il y a quelque autre nature femblable à l'homme , ou
plus venerable que luy. S'il entend par là
les intelligences Celeftes , ou Dieu mefme,
Dieu & les intelligences n'ont point d'autre
eftre , ny d'autre vie que d'entendre : ainfi
l'Ame & l'eftre de l'homme feront fon entendement. Il affeure encore qu'outre les autres facultez de l'Ame des animaux, l'homme à la raifon & l'entendement.

Et parce qu'il auoit dit auparauant, que là
où eft le fuprefme degré de la vie, là font les
degrez inferieurs, & qu'on en pourroit conclurre, que l'entendement periroit quand ils
periffent ; Il adjoufte, qu'il faut raifonner au-

trement de la faculté contemplatiue, laquelle ne peut eſtre priſe en cét endroit que pour vne faculté de l'ame humaine.

En tout ce que ie viens d'alleguer, Ariſtote eſt ſi conforme au bons ſens, & fait ſi bien voir qu'il n'y a qu'vne ſeule Ame en nous, laquelle à toute la vertu des autres : Il eſtablit ſi bien la maniere qu'vne choſe peut agir diuerſement, ſelon qu'elle communique la perfection à autruy, & ſelon que de ſa nature, elle eſt parfaite en elle-meſme, que ie ne voy rien ailleurs de plus fort ny de plus ſolide, ny qui puiſſe mieux expliquer, comme l'Ame humaine eſt dependante & independante du corps : Il en eſt ainſi que du Pilote, conſideré entant qu'homme, ou entant qu'il tient en main le gouuernail, il dépend de ſon vaiſſeau en cette qualité, & non autrement.

A l'authorité de ces témoignages qui font voir que l'Ame de l'homme, entant qu'intellectuelle eſt elle-meſme ſa perfection, & qu'elle agit toute ſeule. Il ſera bon d'adjoûter encore quelques raiſons. La verité à ce que ſçauent les Metaphyſiciens, eſt vne proprieté inſeparable de l'eſtre, & la verité eſt l'objet de l'entendement, par conſequent tout eſtre eſt intelligible, & l'entendement eſt en quelque façon toute choſe. Mais dau-

tant que tout ce qui agiſt, doit neceſſaire-
rement agir ſelon ſa nature, l'action de l'entendement ſera d'entendre & de contempler;
& cela ſans ſe meſler aux circonſtances particulieres du temps & du lieu, ſans conſide-
ret ny qualité ny figure en ce qu'il contemple; parce que la verité qui eſt ſon objet n'eſt
point meſlée à toutes ces particularitez: elle
en eſt détachée par elle-meſme. Il ne s'enſuit
pas pour cela que l'entendement, de Socrate
ou de Platon par exemple ſoit quelque nature vniuerſelle; il ſuffit qu'il ſoit d'vn ordre
ſuperieur. Certes puis qu'il agit, il faut qu'il
exiſte, & l'iexiſtence, comme l'on ſçait, eſt
des choſes ſingulieres. Mais reuenons à l'ame
intellectuelle & à ſa maniere d'agir.

Ne ſera-ce point vn paradoxe, ſi ie dis
qu'elle connoiſt la matiere immateriellement
ſans quantité, ſans qualité, ſans figure & ſans
couleur qui en ſont naturellement inſepara-
bles? L'ame intellectuelle connoiſt la figure
& la couleur comme telles, & dans leur vniuerſalité: au lieu que les ſens, tant les exte-
rieurs que les interieurs ne connoiſſent que
les choſes colorées & figurées.

Elle ſçait la raiſon pourquoy tout corps
eſt corps, & qu'elle en eſt la definition & 
l'eſſence: ce qu'elle ne peut faire ſans s'éleuer

F iij

au deſſus de tout eſtre corporel , & ſans en
eſtre abſolument dégagée. Ainſi qu'vn homme ne pourroit meſurer des yeux la vaſte
eſtenduë de la Mer, S'il eſtoit plongé dans
ſes abyſmes. L'ame ne peut connoiſtre la
nature du corps qu'en la ſeparant de tous les
corps qui touche les ſens : ce qui eſt connoiſtre immateriellement le materiel de toutes
choſes. L'ame intellectuelle exerce ſans organe corporel ſa fonction principale qui eſt
d'entendre , ce que nous verrons ailleurs : &
parce que rien de finy , comme eſt tout ce
qui a quantité, ne peut auoir la vertu de mouuoir infiniment , Elle a trouué que l'intelligence bien-heureuſe qui meut le Ciel auec
tant de regularité, eſtoit vn acte pur ſans aucun meſlange de quantité ny de matiere. Certes vne ſi haute meditation n'eſt pas l'effet
de la fantaiſie qui ne connoiſt rien que de
corporel, d'autant qu'aucune puiſſance ou faculté naturelle ne peut s'eſtendre hors les limites de ſon objet. L'oreille n'entend que
les ſons, l'œil ne void que les couleurs & la
lumiere.

En fin, la verité eſt la plus delicieuſe nourriture de l'entendement: La vertu eſt la perfection de la volonté. Ces choſes ne ſont point
materielles, ſinon peut-eſtre qu'on voulut

dire, que la lumiere est le corps de la verité, & que la gloire est l'ombre de la vertu.

C'est ce qui se peut dire generalement de l'ame intellectuelle, comme estant elle-mesme sa perfection, autre-part nous examinerons plus particulierement vne verité si importante.

## CHAPITRE V.

### De l'vnion de l'Ame auec le corps.

IL faut remarquer qu'il y a trois genres de formes : les vnes tellement attachées au corps qu'elles en sont inseparables ; les autres si absolument détachées du corps qu'elles ne peuuent entrer en composition auec luy : Les troisiesmes qui subsistant d'elles-mesmes, ont pourtant cette inclination naturelle de s'vnir au corps, & d'en acheuer les organes. C'est de ces formes-là, comme actes, & de la matiere, comme puissance passiue que se fait naturellement vn tout, où l'on remarque ces deux genres d'operations: celles de l'Ame, comme estant sa propre perfection sans rapport aux organes du corps; celles de l'Ame vnie au corps, ou de l'ame &

du corps enfemble. En vn mot l'Ame humaine (car c'eft d'elle que nous parlons) eft
tellement la perfection du corps, qu'elle eft
elle-mefme la fienne. Ce que nous ferons
voir euidemment, quand nous monftrerons
qu'elle n'eft point attachée à aucun particulier organe entant qu'intelligente, & que fa
volonté ne dépend point du temperament.
De là vient, qu'encore qu'elle periffe , comme forme de la matiére apres la diffolution
des fens , au moins quand à l'vfage de fes
puiffances inferieures , elle fubfifte neantmoins, comme fubftance intellectuelle : car
il faut fçauoir que ces puiffances inferieures
partent bien à la verité de l'Ame ; mais qu'elles font receuës dans le corps. Et fi l'on penfe que les facultez ne peuuent quitter l'effence dont elles deriuent, ny la fource dont elles coulent : Cela eft veritable de celles qui
font en vne chofe, comme en leur fujet ; &
non quand elles font de l'effence , comme
de leur principe. La faculté de voir perit auec
l'organe à qui elle eft attachée , fi l'on ar-
rache les yeux : & toutesfois , l'effence de
l'Ame demeure. Le ruiffeau couppé de fa
fource ne coule pas long-temps , il fe pert ,
& toutesfois la fource fubfifte. Il faut autrement iuger de ce qui eft tel par la participation

pation & l'influence d'autruy : autrement de
ce qui eſt tel par eſſence, & de ſoy-meſme.
Ainſi diſoit autresfois vn ſçauant Chreſtien :
La mort arriue bien à la choſe animée, ou
à l'animal ; mais non pas à l'Ame, ce qui ſort
dit en paſſant. Nous auons fait voir que ſelon Ariſtote, & la pure verité, il n'y a qu'vne
Ame en nous, laquelle ſe multiplie ( s'il le faut
ainſi dire) par ſes vertus. Nous auons inſinué
ce que nous declarerons tout à fait dans la ſui-
te de ce diſcours, que l'homme quand il contemple les choſes eternelles & diuines, n'a-
git pas entant qu'homme, c'eſt à dire, entant
qu'il eſt compoſé d'Ame & de Corps ; en vn
mot, que le corps n'a point de part en cette
haute fonction de l'eſprit : ce qu'Ariſtote a
crû ſuffire pour prouuer qu'il eſtoit ſeparable
de la matiere, ſuiuant le principe étably par
luy-meſme au premier liure de l'Ame. De
ces deux veritez, il faut tirer cette troiſieſme,
que puis que nous vegetons, & ſentons par
la meſme ame qui nous fait conceuoir & entendre, & que la contemplation eſt de l'ame
ſeule, & non pas du compoſé, comme eſt
la vegetation & le ſentiment : que la faculté
par laquelle nous contemplons, peut bien
étre attachée à l'ame, & non pas la vegetatiue,
& la ſenſitiue ; parce que nul accident mate-

G

riel & diuifible ne peut eftre receu en quelque fujet que ce foit, fi ce n'eft felon l'exi-
gence de fa nature, & l'Ame en fa fubftance
eft immaterielle & indiuifible. Ces puiffances
corporelles partent donc de l'ame, mais elles
font receuës dans le corps: comme l'impreffion du mouuement n'eft pas receuë dans la
chofe mouuante, mais dans la chofe mobile.

On dira qu'il n'eft pas plus étrange, que
ce qui eft materiel, comme la faculté de voir
& d'oüir foit en l'ame; qu'il eft étrange que
l'Ame immaterielle foit vnie au corps. La raifon pourtant n'eft pas pareille: Les degrez fu
perieurs, (or l'ame intellectuelle eft fuperieure
au corps) enferment les degrez inferieurs, &
ce qui peut le plus, peut bien encore le moins.
Comment cela fe peut-il faire? c'eft ce que
nous allons expliquer parlant du genre d'v-
nion que l'ame immortelle peut auoir auec
le corps mortel: Mais quand nous ne l'ex-
pliquerions pas, & que nous en ignorerions la
maniere, Il fuffit de la preuue que chacun a
en foy-mefme, que c'eft la mefme ame,
qui entend, qui fent, & qui meut en nous
pour ne point diuifer ce qui eft indiuifible, ny multiplier ce qui eft vnique. Que
l'ame auec le corps faffe des operations fen-

fibles, quoy qu'elle en faffetoute feule de
fimplement & purement intellectuelles : cela n'eft point plus mal-aifé à comprendre que
tout ce que les Intelligences font auec les
Globes Celeftes, comme par les inftrumens
de leur puiffance ; & ce qu'elles font toutes
feules , quand elles veulent , & qu'elles en-
tendent. Cela n'eft point plus furprenant que
ce que l'on dit des Cieux , qui fans aucune
contrarieté contiennent éminemment toutes
les qualitez contraires.

Pour philofopher fainement & fobrement,
il ne faut pas nier vne verité generalement
reconnuë, parce qu'il s'y mefle, quelque par-
ticularité qu'on ne connoift pas. Par là on
détruiroit toute Philofophie , & toute connoiffance naturelle. On ne fçait point la caufe du réflux de la Mer, niera-t'on pour cela
que fes eaux fe retirent ? on doute encore
comment la veuë fe fait , fera-ce à dire, qu'on
ne void pas ? Suppofé par le mouuement du
Soleil que fa figure foit circulaire ; On demande s'il n'a point d'autre centre que celuy
de fon Globe, ou bien s'il a pour centre celuy du monde ? Si cela ne fe peut fçauoir, le
Soleil ceffera-t'il d'eftre ? C'eft là le defaut
inéuitable de tous ceux qui font dans les mauuais fentimens de ne prouuer iamais leur opi-

nion, & de combattre tousjours celle des
autres. Ils demandent inceſſamment de la
lumiere, & n'en donnent point, & croyent
que leur cauſe eſt gaignée, ſi l'on ne ſatisfait
à l'inſtant à toutes les difficultez qu'ils pro-
poſent.

Liu. 2. de
l'Ame
chap. 1. Par tout ce que ie viens de dire, on
peut iuger que l'Ame humaine eſt vnie au
corps, non ſeulement, comme la forme à la
matiere, ce qui eſt vray : & ce qui ſelon
Ariſtote, rend ridicules ceux qui cherchent
vne autre cauſe de ſon vnion : mais encore
comme la cauſe efficiente aux inſtrumens
qu'elle employe. Elle pourroit ſortir du
corps & y rentrer, ainſi que le Pilote ſort de
ſon vaiſſeau & y rentre ; Si elle n'eſtoit que
cauſe efficiente : elle ne le peut pas, parce
qu'elle eſt de plus cauſe formelle. C'eſt ce
que Platon à myſterieuſement repreſen-
té, quand il a eſcrit, que l'Ame eſt liée par
les Parques ; c'eſt à dire, par l'ordre de la
ſouueraine nature, aux organes qu'elle viuifie ; elle y eſt vnie par la racine de la vie, &
du ſentiment dont elle eſt principe ; ce que
n'eſt pas le Pilote dans le Nauire. Cependant
cette haute partie qui preſide en nous, qui
meſure, & qui entend toutes choſes, ce qui
luy a donné ſon nom chez les Grecs, & chez

les Latins , eſt, pour ainſi parler l'Ame de
l'Ame meſme , comme la prunelle eſt l'œil
de noſtre œil. C'eſt ce qui conſerue tout, ſans
auoir beſoin que rien la conſerue , autrement, il faudroit aller à l'infiny : C'eſt cette
intelligence qui conduit le chariot de l'ame,
pour le dire apres le Philoſophe : diuin c'eſt
d'elle que toutes les autres puiſſances partent ; c'eſt à elle qu'elles retournent , ſi l'on
en croit les Stoïciens qui établiſſent ſon ſiege
au cœur, afin que comme dans les villes il y a
vne grande place où ſe rendent toutes les
ruës , ainſi toutes les facultez ſe rangent autour de ce premier principe de vie , auec qui
elles ont vne liaiſon ſi neceſſaire.

Les Mathematiciens l'expliqueroient peut-
eſtre mieux ; l'ame eſt au corps humain, ce
qu'eſt le point indiuiſible, ce qu'eſt le centre au cercle. Il répond à tous les points de la
circonference , toutes les lignes en ſont ti-
rées , & toutes les lignes s'y rendent : de meſme, l'Ame ſans diuiſion & ſans partage reſ-
pond où elle eſt, à toutes les parties du corps,
& leur eſt preſente par ſon irradiation, ou ſon
influence. On peut donc conceuoir ce que
pluſieurs ont trouué inconceuable, comment
l'Ame raiſonnable n'eſt point diuiſible , ny

eftenduë, quoy qu'elle foit vnie au corps.

Ceux d'entre les Peripateticiens, qui tiennent que toute ame eft indiuifible, par ce qu'elle eft tout en tout, & toute en chaque partie du corps, difent, que la diuifion n'appartient qu'à la matiere, encore eft-ce par la quantité qui eft fa compagne infeparable. Les puiffances, ou les facultez organiques, comme celles de voir & d'oüir, peuuent fuiure l'eftenduë de leurs organes aufquels elles font attachées, mais non la forme qui eft leur caufe efficiente. Eftre diuifible, auoir longueur, largeur, & profondeur appartient au corps, & s'il y a de purs efprits & des fubftances feparées; c'eft vainement que l'on demande s'ils occupent quelque place, & s'ils ont du mouuement. Ils adjoûtent que la maniere dont l'ame eft prefente au corps luy eft toute particuliere, & fi propre, qu'elle ne conuient qu'à elle feule, & s'appelle Information. Ariftote nie que l'Ame ait aucun lieu, les formes difent les Interpretes n'en ont point, elles font en leur matiere, & non en quelque lieu que ce foit. Il ne faut donc point s'enquerir fi l'ame eft également étenduë par tout le corps, ou fi elle ne l'eft pas. L'egalité & l'inégalité, font des relations dont

*Liu. 1. de l'Ame ch. 3.*

la quantité est le fondement ; la quantité & l'Ame sont choses de diuers ordres qui ne se peuuent comparer.

Ie laisse aux Theologiens à prouuer , que l'vnion de l'Ame raisonnable n'est autre chose que son intime presence au corps , ainsi que Dieu est present au monde.

Les Platoniciens qui disent, que les qualitez des corps sont incorporelles , parce que le corps, comme tel , souffre & n'agit point, & parce que toute leur essence est aussi bien en chaque partie que dans le tout, comme la blancheur, saueur & couleur du laict, qui penetrent sans obstacle iusqu'au fond de sa substance : Les Platoniciens , dis-je , ont escrit, qu'apres cela on ne doit pas s'étonner, si l'ame sans diuision est presente à chaque partie qu'elle anime : & si elle est presente au tout, qui n'est que l'assemblage des parties.

Les Epicuriens qui croyent que le vuide est quelque chose de réel, parce que l'espace est immuable, admettent que rien n'empesche que ses dimensions étans incorporelles , ne compatissent auec les corps , & ny soient receuës sans resistance. De mesme l'Ame humaine pourra penetrer toutes les parties du corps, parce qu'elle n'est pas corporelle.

C'eſt ainſi que l'vnion de l'Ame ſe fera auec le
corps; vnion eſſentielle, non accidentelle, puis
que l'Ame eſt l'acte, ou la perfection; le corps
eſt la puiſſance paſſiue, & ce qui peut eſtre
perfectionné: l'Ame eſt la forme, le corps eſt
la matiere. Il n'en eſt pas comme de l'eau,
qui s'vnit au vaſe en le touchant, & par la
place qu'elle y occupe: Ce n'eſt pas par vn
genre de mixtion, comme de deux liqueurs
qui ſe meſlent: Ce n'eſt pas par liaiſon, comme vne partie eſt vnie à l'Ame, ce n'eſt pas
par inherence, comme l'accident s'vnit au
ſujet; ny par attachement comme la glu aux
mains qui la touchent. Cette vnion eſt ſub-
ſtancielle entre deux ſubſtances, dont l'vne
eſt faite pour l'autre: Cette vnion eſt de l'A-
me intellectuelle, qui par la prerogatiue de
ſon eſtre à toute la vertu des autres Ames,
ſans en auoir les defauts: comme la lumiere
à toute l'actiuité & l'eſclat du feu, ſans auoir
rien qui luy ſoit contraire. Telle eſt ſa nature, il ne faut rien chercher au delà.

　Certainement, quand par les actions de
l'Ame, on a trouué qu'elle preſide, & qu'elle
eſt preſente au corps, qu'elle eſt ſa perfection propre, & celle de la matiere qu'elle
viuifie; on ne doit pas abandonner la verité
reconnuë pour vne difficulté qui s'éleue; ny
　　　　　　　　　　　　　　　　douter,

douter, de ce qui eſt indubitable, parce
que on ne le peut pas comprendre. Doute-
roit-on, que l'on void les couleurs & la lumiere, parce que les plus ſçauans aduoüent,
qu'ils n'en connoiſſent point la nature ? Ils
ſont aueugles en cela meſme qui bannit les
tenebres & l'aueuglement.

Il faut joindre ces deux points enſemble,
que l'Ame de l'homme eſt la perfection
du corps, & la ſienne meſme, pour bien
diſcerner comment elle ſe peut vnir au corps,
& comme elle en peut eſtre ſeparée. De cela meſme encore on peut conclurre, que
l'homme eſt en quelque ſorte, comme vn
beau monſtre compoſé de deux natures op-
poſées. Il eſt l'Oriſon de l'Vhiuers, comme
les anciens l'ont appellé. Et ſi l'oriſon eſt vn
cercle qui ſepare l'Hemiſphere ſuperieur de
celuy d'embas, l'homme tient ſa place entre
ce qui eſt purement eſprit, & ce qui eſt purement corps. En vn mot, l'Ame humaine eſt
vne ſeule & indiuiſible eſſence, principe de
pluſieurs puiſſances ou facultez, la vegetatiue, la ſenſitiue, les ſens & l'entendement,
par celui-cy qui n'eſt lié à aucun organe, elle
n'eſt point acte ou perfection du corps : c'eſt
par les autres.

Platon à ſa mode exprime cette verité my

H

ſtiquement dans le Timée. Il dit que l'Ame
humaine eſt compoſée du nombre pair , &
du nombre impair ; de ce qui eſt tousjours le
meſme , & de ce qui eſt tousjours diuers. Le
nombre pair qui ſe partage & ſe diuiſe , la fait
deſcendre aux choſes corporelles , dont la
matiere eſt diuiſible à l'infiny ; le nombre impair la releue & l'vnit aux Intelligences tout
à fait ſeparées du corps. Ainſi , elle tient le
milieu entre le plus haut & le plus bas degré
du monde ; Ainſi elle eſt vn cercle ſe mouuant ſoy-meſme , des creatures au Createur,
ou bien au Pere, pour parler Platoniquement,
& du Createur aux creatures : Mais cecy n'eſt
que pour les Muſes , & non pas pour le vulgaire. L'homme donc à le ſentiment commun
auec les animaux , & l'intellect auec les Eſprits Celeſtes ; comme il eſt bien conuenable
à l'ordre que Dieu a étably dans le monde.

La ſupreſme Sageſſe ny ſouffre point deux
extremitez ſans quelque milieu entre l'vne &
l'autre, qui en ſoit le lien vniſſant. On ſçait
ce que les Phyſiciens diſent des qualitez ſym-
boliques des Elemens : On ſçait quelle eſt la
viciſſitude des ſaiſons, & comment pour ne
point paſſer immediatement de l'Hyuer à
l'Eſté, la temperature du Printemps eſt neceſſaire.

Il y a des formes abſolument ſeparées des corps, comme ſont les Intelligences, ainſi qu'Ariſtote & Platon l'ont reconnu : Il y en a d'autres abſolument plongées dans la matiere, comme l'ame des plantes & des animaux : l'harmonie du monde requiert qu'il y en ait de ſeparables quand à leur eſtre, & d'vnies à la matiere quand à certaines operations qu'elles n'exercent point ſans l'entremiſe des organes. Ces eſſences contiennent excellemment les inferieures, & atteignent le plus bas degré des ſupreſmes ; elles ſont les images des vnes, & les exemplaires des autres. Autrement l'Vniuers ne ſeroit pas Vniuers ; Parce qu'il n'auroit pas de tout, il luy manqueroit quelque degré d'eſtre, lequel tant s'en faut qu'il ſoit impoſſible, qu'au contraire, à examiner ſincerement la poſſibilité des choſes, nulle raiſon ne peut conuaincre qu'il repugne en aucune ſorte qu'il y ait de telles ſubſtances. Car pour ce qu'on opoſe ordinairement, que ce ſeroit joindre le mortel auec l'immortel, outre que nous auons desja monſtré que cela ne repugne point puis que l'ame intellectuelle à tous les aduantages des autres, & qu'elle eſt cauſe efficiente des facultez organiques ; Cette opoſition eſt ſi vaine que ceux qui la font ſe détruiſent eux-meſmes. Ces

H ij

Autheurs aduoüent-ils pas que la matiere incorruptible, est vnie dan tous les compofez à
des formes corruptibles, & que d'Atomes
eternels & indiffolubles fe forme tout ce qui
fe diffout.

De ces natures moyennes entre l'efprit &
le corps, comme on peut dire qu'eſt l'Ame
humaine, on trouue quelque image dans la
nature en ce que les Philofophes appellent
efpeces, fimulacres, ou images mefme. Car
nommez du nom qu'il vous plaira ce qu'Epicure & Platon nomment, les Ecoulemens des
objets & Lucrece des Phantofmes ; Si ce ne
font point corps, comment font-ils enuoyez
des corps ? comment frapent-ils les yeux ?
comment font-ils pouffez vers la glace des
miroirs, comment en font-ils repouffez ?
comment eſt-ce que dans la fantaifie où ils
doiuent eſtre encore plus fubtils & plus de-
liez, ces fimulacres font-ils agitez par les va-
peurs du fang, & par les fumées du vin ? Il
n'y a que les corps qui puiffent toucher &
eſtre touchez.

*Tangere enim & tangi nifi corpus nulla poteſt res.*

Il n'y a point de doute que ces images ont
la mefme étenduë que les fujets dont elles
partent. Elles font diuifibles, dit-on, felon
leur eſtre, ou leur nature, & non pas felon

leur effet qui est de representer : Mais c'est
en cela qu'est le trauail & la peine : on demande comment cela peut estre. Et puis
dans la moindre partie de l'air, & la moindre partie de l'organe, l'image represente
l'objet entier, & l'œil de la plus petite mouche ne void pas moins la grandeur immense
du Ciel, que celuy d'vn Elephant. Si ces especes sont des corps, comment nous font-
elles voir estans elles-mesmes inuisibles, comment n'ayans pas d'estenduë nous represen-
tent-elles de si grandes choses, Les vastes
plaines, & les montagnes? Comment vn million d'images de fleurs dans vne prairie, de
maisons dans vne ville, & d'Estoilles dans le
Ciel, passent-elles ensemble sans se troubler,
sans se mesler, & sans se confondre par la prunelle de mon œil? Comment se peuuent-elles
deprendre des corps auec tant d'vniformité
& de facilité tout ensemble ? L'or, le fer, &
les diamans, durent presque vne eternité.

*Vn matin, est l'aage des roses,*
  *Et les lys meurent en naissant.*

Pour le dire apres vn de nos Poëtes. Les
Epicuriens disent que les Atomes sont fort
serrez dans les metaux, & dans les pierres
precieuses, & que leurs angles entrent fort
auant les vns dans les autres : c'est la raison

H iij

de leur durée : mais diroient-ils bien la raifon pourquoy eft-ce donc que les images
qui font de petits corps, felon leur Philofophie, fe détachent d'vne maffe d'or, & d'vn
diamant qui eft fi dur & fi folide ; auffi aifément que d'vn œillet, ou d'vn narciffe ? Les
menus grains de pouffiere font inuifibles feparément, & vifibles quand ils fe ramaffent,
Il y a tant d'images en l'air, ne deuroit-on
pas les y voir ? quelques-vns croyent qu'on
les void auffi quelquesfois, & que de là viennent les apparitions & les phantofmes ; mais
ne feroit-ce point icy vn effet de l'opinion,
pluftoft que de la nature, puis que l'vn croit
fouuent voir vne chofe, & l'autre vn autre ?
Ne feroit-ce point comme de ces nuages, &
de ces charbons de feu à qui l'œil oyfif donne
mille figures differentes, quoy qu'ils n'en
ayent qu'vne feule.

Ces images fuccedent les vnes aux autres
dans vn ordre égal & inuiolable, quoy que
dans vn air agité des vents, outre l'agitation
perpetuelle qu'on attribuë aux Atomes. Elles
pouffent l'air deuant elles, pour nous reprefenter les éloignemens & les diftances, & ne
font point elles mefmes pouffées par des corps
differens, ou par leurs femblables. Hé quoy !
ce qui doit fe mouuoir tousjours, puis qu'il

n'y a point de corps en la nature qui ne soit
dans vn mouuement perpetuel, me represente l'objet tousjours immobile. Des mil-
lions d'hommes emporteroient chacun auec
soy l'image d'vn ciron peint ou mort, & que
d'autres milions succedent de moment en
moment par plusieurs années, ils emporte-
ront de mesme chacun la leur, & si les écou-
lemens ne cesseront pas. Ce qui est admirable, ces petits corps, selon Epicure ne partent pas seulement de la derniere surface des
corps, ils partent du fonds mesme de leur substance, parce qu'il n'y a point de corps sensible lequel ne soit penetrable, comme on
void par les odeurs & les sons qui se communiquent au trauers les murs de pierre de tail-
le; dont la raison est que les mixtes les plus
solides admettent le vuide entre leurs parties
quelques serrées qu'elles puissent estre. Cependant on ne void point icy la nature du
corps. Ces images se partagent sans se diui-
ser, elles donnent incessamment & ne s'épui-
sent point, elles se meuuent, & semblent immobiles. Elles se meuuent d'autant plus viste,
qu'elles sont deliées & qu'elles se font passage par tout, elles s'vnissent pour nous representer toutes les herbes d'vne prairie, &
toutes les fleurs d'vn parterre: & cependant

leur mouuement, ny leur vnion ne font point
caufe qu'elle fe rompent ny qu'elles fe bri-
fent ; & tout ce qui furuient d'ailleurs ne les
peut troubler. Pourrons-nous donc trouuer
étrange que l'Ame humaine foit indiuifible
dans vn corps fort étendu : Si les images in-
diuifibles reprefentent les chofes eftenduës?
que la nature fimple de l'Ame s'accorde auec
les Elemens contraires, & compatiffe auec ce
qu'ils compofent ? Les images ne fe contra-
rient point , quoy qu'elles partent de fuiets
contraires : que l'Ame ne foit point confufe
auec la matiere qu'elle anime ? Les images
font enfemble & ne fe confondent point :
l'étenduë de la Mer & des Cieux m'eft pre-
fentée d'vne maniere indiuifible, & le Soleil
qui eft tant de fois plus grand que la terre,
eft comme vn point fans parties dans mon
œil. De quelque cofté que ie me tourne, ces
fideles peintures ne me quittent point ; elles
fe prefentent à moy de toutes parts , elles
font toutes en tout , & toutes dans le plus
petit point de l'efpace : chaque petit point de
l'objet me les enuoye, & ces tableaux viuans
des chofes mortes & inanimées ( ce qui eft
admirable ) n'ont pas befoin de temps pour
agir. Tout cela n'eft point d'vn corps. Telle
eft la nature des Idoles ou des fimulacres qui
font

font ainſi que l'Ame entre les choſes materielles & les immaterielles, & reſſemblét à toutes les deux. Il faudra philoſopher à proportion
de la lumiere ; ſi les images ne ſont rien que
la lumiere modifiée , & ſi c'eſt par la continuité qu'à l'objet & noſtre œil auec elle, que
nous voyons. Quelques-vns outre ce qu'on
appelle ſubſtance & accident, ont trouué vn
troiſieſme eſtre qu'ils appellent de Repreſen-
tation qui fait vne nature à part, & contre qui
on ne peut rien inferer de ce qui conuient à
l'accident, ou à la ſubſtance. Il eſt d'vn autre
ordre, ainſi que l'Ame intellectuelle. Elle tient
le milieu, comme i'ay déja remarqué tant de
fois , entre les formes ſeparées & celles qui
ne le ſont pas. Ce qui a fait penſer auec raiſon, que l'homme eſt tout ce qu'il veut eſtre,
il eſt terreſtre s'il s'attache à la terre , & celeſte s'il s'attache au Ciel. Il prend diuers
noms ſelon les actions qu'il exerce, & ſe
transforme, pour ainſi dire, à diſcretion. Il a
la puiſſance de deuenir ce qu'il luy plaiſt, &
de choiſir dans toute l'étenduë des Eſtres, ce
qu'il y a de plus haut & de plus rampant. Ceux
qui ont fait les premiers cette remarque, ont
dit, qu'il y auoit trois eſpeces d'hommes, bien
qu'il ſemble n'y en auoir qu'vne. Il y en a qui
ſont des dieux, comme les Oracles Saints les

I

ont appellez, parce qu'ils contemplent tousjours, & ce sont les Philosophes. Il y en a qui
sont des animaux politiques & mesnagers,
comme les Abeilles & les Fourmis, & ce sont
les prudens du siecle. Il y en a de stupides,
comme des plantes sans connoissance & sans
raison, & ce sont les voluptueux qui ne sçauent que boire & manger. Taschons d'imiter
les meilleurs & les plus parfaits exemples, &
puis que par la contemplation nous partici-
pons de la nature diuine, faisons voir que c'est
vne action où l'Ame ne releue point des sens,
où elle est maistresse de soy & independante.

## CHAPITRE VI.

### De l'Immaterialité de l'Ame, ou de son indepen-
### dance de la matiere en ses actions intel-
### lectuelles.

I'Ay touché desja ce point en passant, mais
il faut que ie m'y arreste dauantage, & fasse
voir euidemment, qu'il y a des actions de l'a-
me qui sont tout à elle, quoy qu'elle en ait
d'autres de communes auec le corps. Voir,
parler, se nourrir, sont du corps & de l'Ame
vnis ensemble; Le corps sans Ame ne void

point, l'Ame fans le corps ne parle pas. C'eſt
en cela que l'Ame eſt tellement la perfection
du corps , qu'elle en eſt inſeparable. C'eſt
comme vne figure qui ne ſe peut détacher
de la choſe figurée : détruiſez les organes,
rompez l'harmonie des humeurs, vous oſtez
à l'Ame ſes operations de vegetatiue & de
ſenſitiue : en ce ſens, on peut dire qu'elle perit, & qu'elle eſt mortelle ; comme on diroit
d'vn Pilote , qu'il periroit en cette qualité,
ſi vne fois la nauigation étoit interdite , ou
qu'il n'y euſt plus de vaiſſeaux. Mais parce
que l'Ame qui eſt l'acte de la matiere , eſt
encore ſon acte de plus , ainſi qu'on parle
dans l'Eſchole ; elle peut ſubſiſter , comme
eſtant ſa perfection propre ; quoy qu'elle ne
ſoit plus celle du corps. Que ſi les Philoſophes
l'ont definie par raport au corps naturel orga-
niſé ; c'eſt qu'elle eſt premierement connuë
par le mouuement & la vie qu'elle luy donne.
Auſſi eſt elle appellée Ame , parce qu'elle
anime, naturellement aſtreinte à cette loy de
faire tout ce qui eſt en elle pour la conſeruation du corps ſujet à vne infinité d'accidens, &
qui demande d'elle vne continuelle influence. C'eſt pourquoy, il ne faut pas s'étonner,
que l'Ame eſtant ſpirituelle de ſa nature,
agiſſe pourtant d'auantage comme vegetante

& fenfitiue, que non pas comme intelligente. Chaque chofe agit plus felon fon genre
que felon fa difference fpecifique, La befte
fait moins de fonctions de fenfitiue, que de
vegetante, & l'Ame de la plante eft pluftoft
vne forme naturelle qu'vne ame. Cependant
les degrez d'eftre les plus nobles ne font iamais compris dans les degrez inferieurs, &
le nom fe prend tousjours de la partie la plus
releuée. Ainfi (quoy que l'homme agiffe plus
comme animal, que non pas comme intelligent) cela n'empefche pas qu'on ne l'appelle
abfolument raifonnable. Ce qui eft caufe que
l'homme fait les mefmes fonctions que fait
la befte & la plante. C'eft que l'Ame humaine n'eft pas feulement raifonnable & intelligente, elle eft vegetante & fenfitiue; mais
parce qu'elle n'eft pas feulement fenfitiue &
vegetante, mais qu'elle eft encore intelligente & raifonnable, cela fait que la lumiere
de la raifon fe refpand mefme fur les facultez
inferieures. C'eft pourquoy en cela mefme
que l'homme à de commun auec les plantes
& les animaux, en cela mefme il en differe. Il
boit, il mange, il dort, il produit fon femblable auffi bien qu'eux; mais non pas de la mefme forte. Il a des reigles pour le boire, &
pour le manger, pour les exercices & le re-

pos, pour la veille & pour le sommeil, il ne
s'y abandonne pas par vne impetuosité de
nature. Il se marie selon les Loix & les cou-
stumes establies, & non par ardeur, & par
transport. Les passions en luy sont capables
de discipline, parce que c'est vn ordre de la
nature que les choses inferieures profitent
de leur vnion auec les superieures, à qui elles
sont subordonnées. Ainsi la fantaisie opere
plus parfaitement dans les hommes que dans
les bestes, à cause qu'elle y est iointe à la raison; comme la vegetatiue opere plus excellemment dans les bestes que dans les plantes, parce qu'elle y est inseparable de la sensitiue. L'animal est donc purifié en l'homme;
& il y a mesme des actions ausquelles il n'a
point de part. Alors l'homme n'agit pas en- *Ar. l. 10.*
tant qu'homme; mais comme estant ie ne *des Mor.*
sçay quoy de diuin. *chap. 7.*

Quelle action fait l'Ame, me dira-t'on, ou
le corps n'ait point de part? car c'est le nœud
de la besongne. Elle en fait de deux sortes:
de contemplatiues& de morales. L'ame laissée
a elle mesme s'esleue par les effets à la connoissance des causes, & va des vnes aux autres iusqu'à la premiere qui ne tombe point sous les
sens. Elle à pour objet, ce qui est tousjours
de mesme, ce qui ne change iamais; cét

Eſtre des eſtre, ſans corps , ſans figure & ſans matiere , ainſi que Platon l'adore dans le Phedre.

Dites-moy, ie vous prie, comment eſt ce que l'Ame qui ne connoiſt rien que par les ſens, (ainſi qu'Epicure ſuppoſe ) & à qui l'imagination ne repreſente que des choſes corporelles & figurées, pourroit ſoupçonner ſeulement qu'il y en euſt d'autres : Non ſeulement cela ; mais qu'elles fuſſent les cauſes de tout ce qui eſt corporel & figuré ? Comment eſt-ce que ceux qui ont eu les premiers cette croyance, l'ont pû auoir & comment ont-ils pû en rendre capables les autres ? Tout ce qu'on void au trauers d'vn verre bleu porte la meſme teinture, tout paroiſt jaune à celuy qui à la jauniſſe dans les yeux. Que ſeroit-ce de l'Ame , ſi elle ne voyoit pas ſeulement au trauers du corps, mais ſi elle eſtoit corps elle-meſme ? qu'elle ne receuſt pas ſimplement l'impreſſion de la matiere par les ſens, mais qu'elle fuſt elle-meſme materielle ? d'où luy naitroit la penſée de Dieu ? C'eſt à dire, d'vn eſprit pur, ſans aucun meſlange de matiere & de corps, & le Createur pourtant des corps & de la matiere. Faut-il pas auoüer que de la meſme façon qu'vn homme qui diſtingueroit toutes les couleurs differentes des

objets, quoy qu'il ne veid qu'au trauers d'vn
verre bleu, ne dependroit pas en ce difcerne-
ment de fon verre ; ainfi l'Ame qui ne void
que par les yeux du corps, & connoift pourtant les Efprits, ne peut dépendre de luy en
cette haute connoiffance ?

Nous voyons que tout ce qui eft compofé fe
diffout, & que tout ce qui eft materiel eft corruptible: l'entendement s'eft efleué là deffus,
& à conclu, que fi quelque nature eftoit fans
matiere & fans corps, elle feroit indiffoluble.
Nous obferuons, que ce qui eft contingent,
peut eftre, & n'eftre pas, & que la plus grande partie des chofes eft contingente, Nous
auons iugé qu'il falloit recourir à vne caufe
abfolument neceffaire, fans qui rien ne fubfi-
fteroit. Nous auons remarqué que la matiere n'eft point actiue, qu'elle eft mobile, & non
pas mouüante ; Nous auons crû qu'il falloit
admettre quelque vertu en elle qui la fift agir.
Platon & Galien ont voulu qu'elle fuft incorporelle, parce que le corps comme tel, n'eft
point actif, la figure mefme dont les Epicuriens ont tant parlé, fert au mouuement &
n'en eft pas caufe, & le carré n'y eft pas propre: raifonner autrement, c'eft confondre
l'inftrument auec la caufe principale. On peut
dire que cela va bien iufques-là, pour mon-

ftrer qu'il y a quelque partie en nous esleuée au deſſus des autres, mais que cette partie ſoit ſpirituelle, c'eſt où giſt la difficulté.

Voila l'entrepriſe qu'il faut tenter, & il me ſemble qu'il n'y en peut gueres auoir de plus haute.

*Quel fameux Amphion, quelle ſçauante Lire*
*Aux ſiecles à venir pourroit aſſez redire*
*De ces Eſprits de feu les élans glorieux,*
*Qui mépriſans la terre ont volé dans les Cieux,*
*Ont trouué des mortels l'immortelle origine,*
*Et fait remonter l'Ame à ſa ſource diuine?*
*Les premiers inuenteurs, & des bleds & des vins*
*N'ont rien de comparable à ces hommes diuins,*
*Quoy que l'vn ait paſſé pour le fils du Tonnerre,*
*Et que l'autre ait regné maiſtreſſe de la Terre.*
*Sans le ſang des coſeaux, on boit aſſez de fois,*
*Sans les iaunes épics on vit parmy les bois,*
*Et dans vn monde entier au delà de Nerée,*
*Ceres ne porte point de couronne dorée:*
*Mais ſans le doux eſpoir de l'Immortalité,*
*Vn grand cœur ne peut viure auec tranquilité,*
*Il s'indigne de voir aux plus belles Prouinces*
*Des Eſclaues aſſis à la place des Princes,*
*Des vices triomphans, des meurtres couronnez*
*Et les Iuſtes par tout au mépris condamnez.*
*Quand ſouz l'infame ioug des puiſſances cruelles,*
*Les plus hautes vertus paſſent pour criminelles.*

*Sans*

*Sans ce rayon du Ciel qui flatte nos ennuis*
*Et perce l'épaiſſeur des plus profondes nuis*
*Le corps eſt vn ſepulcre où l'Ame enſeuelie,*
*Ses honneurs immortels indignement oublie,*
*Et n'attend des rigueurs de ſon aueugle ſort*
*Dans vn noir auenir qu'vne eternelle mort.*

Les cauſes ne peuuent rien produire qui
ſoit au deſſus de leur portée, & les facultez
ne s'eſtendent point hors des limites de leurs
objets. Cela eſtant, il ſeroit abſolument impoſſible, que l'Ame qui ne ſe trompe point
quand elle reconnoiſt vne puiſſance touſjours actiue, qui pour tout mettre en ordre,
( ainſi qu'Anaxagore diſoit ) ne doit point
eſtre meſlée à la matiere : euſt cette verité
pour ſon plus important objet : ſi l'entendement, qui eſt la plus noble de nos puiſſances,
n'auoit du raport auec luy.

C'eſt la raiſon qui fait cette reflexion, ie
l'aduoüe ; mais puis que cette reflexion eſt
vraye, autrement, il faut nier l'exiſtence du
premier eſtre, & fermer les oreilles à la voix
de toute la nature qui le publie ; puis que
cette reflexion va à la plus haute ſpiritualité,
elle ne peut partir que d'vn principe ſpirituel.
Il ſpiritualiſe meſme, comme nous l'auons
desja dit, ce qui eſt materiel, pour en con-

K

noiſtre l'eſſence : Il la ſepare des ſujets parti-
culiers où elle exiſte, & des circonſtances des
lieux, & des temps, ſans qui rien de materiel
n'a iamais eſté, pour s'en former vne idée
generale ſur qui la ſcience eſt fondée, & ces
propoſitions que la Logique appelle d'eternelle verité.

Ie diray plus, quand il ſeroit faux, qu'il y euſt
des Eſprits, quand l'entendement humain ſe
tromperoit en cette penſée, l'entendement
humain ſeroit tousjours ſpirituel ; en voicy la
preuue : Cette penſée eſt vne action, & toute action à ſon principe. Les ſens & la fantaiſie ne le peuuent eſtre, parce que la fantaiſie
& les ſens, n'ont pour objet que les corps, &
cette penſée ſe termine à vn objet ſpirituel.
Quel peut eſtre donc ſon principe, car ſans
doute qu'elle en à vn, & qui eſt réellement
en l'homme. Or parce qu'il y a du rapport
entre l'effet & la cauſe, & vn rapport eſſentiel.
Il ſuit de là, que ce qui produit vne action ſpi-
rituelle, eſt indubitablement ſpirituel. Il n'importe pas que les choſes ſoient, ou ne ſoient
point : de meſme que la Peinture & la Poëſie
ne laiſſent pas d'eſtre des Arts veritables, quoy
qu'ils repreſentent des choſes fauſſes.

On pourroit étendre plus loin cette raiſon, &
dire que ce principe par qui nous conceuons

des natures fpirituelles, exifte de foy-mefme, ou par autruy. Il n'exifte pas de foy mefme, parce qu'autrement il pourroit agir de
foy-mefme, fans auoir iamais eu d'attachement au corps, & fans dependance des objets,
ce qui n'eft pas. Ce principe à donc vne caufe de fon exiftence, puis qu'il n'eft pas independant, & cette caufe ne pouuant pas eftre
materielle, puis que l'entendement ne l'eft
point, Il faut qu'elle foit fpirituelle, & partant il y a des Efprits. En vn mot, l'efprit de
l'homme à vne caufe de fon eftre, où il n'en
à pas: s'il n'en à pas, Il eft Dieu, s'il en a vne,
Il y a vn Efprit.

Que fi on demande, d'où vient que ie
conçoy des chofes au delà de celles que ie
voy, & que ie touche: d'où vient que i'ay l'i-
dée de Dieu en moy, comme d'vne fubftance fpirituelle, & d'vne caufe independante, &
par confequent d'vne perfection infinie? Cela
vient de la lumiere de l'Ame humaine, qui
s'apperceuant que tout ce qui eft finy n'a aucune neceffité d'eftre, & qu'on ne peut aporter de raifon pourquoy il repugne qu'il ne
foit point, ou qu'il n'ait iamais efté, conclud
éuidemment, que tout eft contingent au
monde, & le monde mefme, hors vne chofe
qui eft abfolument neceffaire, laquelle par-

tant ne doit point eftre finie , & parce que
tout corps eft finy , il faut neceffairement?
qu'elle ne foit pas corps. Nous verrons la neceffité de ces confequences auec plus de iour,
quand nous prouuerons que l'Ame humaine
n'eft pas d'elle-mefme.

---

## CHAPITRE VII.

### *Si l'entendement à befoin de la fantaifie.*

ON opofe vne vieille difficulté à ce que
nous auons étably de la Spiritualité de
l'Ame. Celuy qui contemple, dit-on, à befoin
de Phantofmes, ou , pour n'étonner point le
Lecteur , des Images , & du concours de la
fantaifie. Quand on pretend connoiftre Dieu,
l'on ne connoift rien, ou l'on le connoift comme vn corps.

Il faut examiner cecy , & fe fouuenir tousjours de la definition de l'Ame.

L'Ame humaine eft fa perfection propre,
& la perfection du corps , comme fon vnité
le témoigne : Spirituelle de fa nature , elle eft
comme materielle à l'efgard des puiffances,
qui partant d'elles, font receuës dans les organes ; de là vient que comme dans vne mon-

tre quand le grand reſſort ioüe tous les autres
ſoüent, ainſi quand la plus haute partie de
l'Ame agit, celle qui a plus de raport auec
elle agit par ſympathie, & à cauſe de l'vnion
qu'elle à auec ſon principe. Mais d'inferer de
là, que c'eſt vne neceſſité à l'entendement
de contempler les Images materielles de la
fantaiſie, quand il contemple meſme ce qui
eſt immateriel, & que partant ſa plus noble
action depend du corps ; l'experience y repugne, & fait voir que tout au contraire, il
faut que la raiſon ſe détourne de la veuë des
Phantoſmes que l'imagination luy preſente
mal à propos, Et dont elle troubleroit ſa pen-
ſee, ſi par vne démonſtration infaillible, elle
ne dementoit ce faux raport. Car puis que
pas vn corps n'eſt Sageſſe, Bonté, Iuſtice, Verité, Intelligence, qui ſons des Attributs que
tous les hommes reconnoiſſent en Dieu : noſtre entendement conuainc noſtre fantaiſie
d'erreur, quand elle nous repreſente Dieu
comme vn corps.

Donnons encore plus de iour à cette verité, s'il eſt poſſible.

A cauſe que toutes les facultez vegetantes
& ſenſitiues ont leur racine dans le fond de
l'Ame, & qu'elles agiſſent enſemble ; cét em-
peſchement arriue à l'entendement dans ſes

penſées les plus abſtraites , & les plus con-
formes à l'excellence de ſa nature, qu'il void
tousjours des Phantoſmes & des viſions, dont
il faut qu'il ſe défaſſe inceſſamment, pour ne
point confondre les Eſprits auec les corps , &
voir les choſes diuines dans leur pureté. Car
tant s'en faut que pour les reconnoiſtre on
ſoit aidé par la fantaiſie, qu'au contraire ſans
y renoncer abſolument, on n'en peut auoir la
moindre penſée.

La raiſon. C'eſt, pource que toutes les Images que les ſens nous offrent, ſont étrangeres
à ces grands objets , & ce n'eſt que par ab-
ſtraction que noſtre eſprit ſi éleue. Quand il
en eſt là, il reconnoiſt que par deffaut d'eſpeces qui ſoient proportionnées aux choſes
purement Spirituelles, on eſt contraint de ſe
les figurer autrement que leur nature ne demande. Quoy qu'il ſe ſerue donc d'abord d'I-
mages ſenſibles, comme de degrez pour monter plus haut, l'entendement reconnoiſt bien
qu'il y a quelqu'autre choſe au delà, laquelle n'eſt uy viſible ny imaginable : Et bien
qu'il ne voye pas diſtinctement ce que c'eſt,
& n'en penetre pas la nature, il en aperçoit
l'exiſtence & la reuere en ſoy-meſme. Il reconnoiſt que la choſe eſt, & ne connoiſt pas
ce qu'elle eſt.

Ainſi quand nous voyons l'ordre, & la dé-
coration d'vn Theatre auec le changement
des Scenes, les machines n'arreſtent pas
nos penſées, non plus que les toiles & les
peintures: L'Eſprit va plus loin chercher le
Peintre & le Machiniſte. Il ſçait qu'il y en a
vn, & le ſçait indubitablement bien qu'il ne
voye pas encore quel il eſt. Pourquoy cela?
pource qu'il void clairement que le bois, les
flambeaux, & les cartes peintes ne ſont pas
capables d'vne ſi belle diſpoſition d'eux-meſmes: & de quelque matiere, & de quelque
figure que ſoient les reſſorts; qu'ils demeu-
reroient immobiles, ſi vne main ſçauante ne
les remüoit.

Il void tout cela, & void que tout cela n'eſt
point l'Eſprit, & l'Intelligence de l'ouurage.
Voila comme l'entendement vſe des objets
qui ſe preſentent, c'eſt à dire, auec vne ſu-
periorité independante des objets meſmes,
& auec cette force & cette viuacité qui luy
eſt propre, & par laquelle il conclud qu'il y
a plus, que tout ce que les yeux & la fantaiſie luy repreſentent: quoy qu'il ne le voye pas
en ſoy, il ne laiſſe pas de voir que veritablement il eſt.

C'eſt en cette ſorte que l'Ame encore vnie
au corps, fait des actions, où le corps n'a point

de part, cē qu'Ariſtote à iugé ſuffire pour démonſtrer qu'elle en eſtoit ſeparable : C'eſt en
cette façon que l'Eſprit s'eſleue au deſſus de
la matiere, puis qu'il fait des abſtractions, &
que la fantanſie n'en fait point.

Que ſi à cauſe de l'vnion qu'à l'Eſprit auec
le corps, il arriue que la fantaiſie regarde
quelque phantoſme, lors que l'entendement
contemple, il ne s'enſuit pas que l'Ame ne puiſſe iamais rien connoiſtre qu'ainſi. Ie ne voy
qu'au trauers des chaſſis de ma chambre,
quand ils ſont baiſſez, donc ſi on les leue, ie
ne verray plus : cette conſequence eſt ridicule. Dans vn autre eſtat, l'Ame agit autrement.
La façon d'agir ſuit celle de l'eſtre, & parce
que l'Ame intellectuelle, tant qu'elle anime
actuellement, eſt cauſe efficiente des facultez corporelles, qui ſont receuës dans les organes, & qu'elle eſt vnique en chacun de
nous : de là vient qu'elle emporte auec elle
la fantaiſie, comme la faculté qui approche
le plus de l'intelligence. Ainſi dans vne machine, le grand reſſort fait ioüer les autres.

Pomponace aduoüe, que l'entendement
comme tel, ne marque point de relation aux
Phantoſmes : Dieu, & les Intelligences en-
tendent ſans eux. Ce raport eſt ſeulement de
l'Ame vnie aux corps.

Ce

Ce rapport ceſſera donc quand elle en ſera ſeparée. Et puis la contemplation eſt l'acte
de l'entendement, & non pas celuy du fantoſ-
me. De cela meſme, que l'Eſprit de l'homme
comprend, que pour s'eſleuer aux choſes purement intelligibles, les Images des ſens luy
ſont vn obſtacle; on peut conclure euidemment qu'il en voudroit eſtre deffait, & qu'il
luy eſt auantageux, d'eſtre ſeparé de la matiere.

C'eſt ce qui arriue quelquefois dans les ex-
taſes, & ſi l'experience en eſt creuë pluſieurs
ont ſouuent eſprouué que des Images de volupté, ie ne ſçay comment excitées, troublent l'imagination, & la partie inferieure
durant les exercices les plus ſaints ; tandis
que la partie ſupreſme agit ſans emotion &
ſans trouble.

Il eſt vray que l'entendement doit bien
prendre garde à ſoy, autrement il court toûjours apres des ombres & des ſimulacres vains
qui n'ont point de conſiſtence. La plus grande partie de ce qui ſemble eſtre n'eſt point;
faut que les plus paſſionnez de l'amour du
monde le reconnoiſſent ; & que les plus ſages aduoüent auec Platon, qu'à parler Phi-
loſophiquement, l'Eſprit eſt plus heureux
hors du corps que dans le corps, ainſi que

L

de Ariftote témoigne que de fon temps, c'eftoit vne croyance generale.

La raifon eft; parce qu'apres la feparation l'Ame n'eft point empefchée en fes plus nobles fonctions, non feulement par la fujetion de la matiere, la viciffitude des veilles, & du repos, de la fanté & de la maladie; mais par ces Phantofmes de tenebres qui trauerfent inceffamment la voye où elle cherche la verité en elle-mefme.

Ce feroit, peut-eftre, affez de cét article, s'il ne falloit encore remarquer que la caufe de l'erreur eft venuë, de ce que ceux qui attachent feruilement l'efprit au corps, & les operations de l'entendement, à celles de la phantaifie, ont confondu la connoiffance; auec l'imagination : Toute imagination eft connoiffance ; mais toute connoiffance n'eft pas imagination ny fan-taifie. Ie ne puis pas imaginer Dieu, que comme vn corps, parce que l'imagination eft corporelle, & que nulle faculté ne paffe au delà de fon objet. Ie puis neantmoins connoiftre que l'imagination fe trompe. Car les corps font animez ou inanimez. Les animez qui font les plus parfaits, ont leurs caufes & leurs principes ; à fçauoir, la matiere & la forme qui les compofent. Ce qui repugne à la pensée que tous les hommes ont de Dieu, comme de celuy qui est la premiere cause : pour les corps inanimez, ils sont plus imparfaits que les autres, il leur manque vn degré d'estre : ce qui s'oppose à la croyance generale que Dieu est souuerainement parfait.

Nous ne voyons que des corps, nous ne touchons que des corps, nous n'imaginons que des corps, subtilisez-les tant qu'il se pourra par la pensée, ce ne seront tousjours que des corps, & moins ils auront d'estenduë, moins ils auront de realité ; quand ils n'en auront plus du tout, ce ne sera qu'vn pur neant : Comment donc est-il venu en l'esprit des hommes, que Dieu qui est l'Estre par éminence, dont tous les autres dependent, n'ait rien de commun auec le corps ?

Quand l'entendement agit de la sorte, on ne peut pas dire qu'il ayt aucune Image en la fantaisie, laquelle contribuë à cette action éleuée au dessus de la phantaisie mesme, & contraire à tous les rapports qu'elle fait. Et partant entendre & imaginer, sont de diuers ordres.

Si l'entendement pour agir auoit tousjours besoin d'Images sensibles, comment pourroit-il conceuoir le point sans partie, la ligne sans surface, la surface sans profondeur ? car

ces chofes font naturellement enfemble. Sans
doute que l'Ame qui fépare du corps, ce qui
en eft infeparable par la nature, pourra bien
elle-mefme s'en feparer : autrement elle ne
pourroit pas faire vne telle operation ; autrement il n'y auroit point de rapport en ce
qui eft connu, & ce qui connoift. Ie laiffe à
dire que fi par fes abftractions l'Ame fe fait
des veritez immuables & incorruptibles, comme font les principes de Mathematique, à
plus forte raifon fera-t'elle elle - mefme fans
corruption, puis que la caufe comme telle, eft
tousjours plus excellente que fon effet : Suiuant ce que dit l'oracle qu'il eft plus royal de
donner que de receuoir Par fes hautes fpeculations on void bien que l'Ame intelligente eft
affranchie de la dependance du mouuemét &
du lieu, fans qui la corruption n'arriue iamais:
ce qui a fait dire au Philofophe qu'au deffus
du premier Ciel, comme au deffus de toute
generation & de toute corruption eftoient les
eftres veritables.

　　L'Ame donne la definition du cercle, fans
regarder s'il eft coloré, s'il eft mobile, s'il eft
d'argent ou de cuivre, s'il exifte en ce temps,
ou en ce temps-là : Elle s'en fait, pour ainfi
dire, vne idée eternelle & incorruptible; vne
verité de tous les fiecles. L'Ame intellectuel-

le mesure le temps bien loin d'en estre mesu-
rée; Elle n'y est donc pas sujette: ce qui n'est
point sujet au temps, est immortel. Tant s'en
faut que l'Ame ne soit pas Immortelle, que
ses diuines productions en prouueroient l'E-
ternité, n'estoit que par d'autres raisons nous
voyons bien que l'Ame qui est la perfection
du corps encore qu'elle soit sa perfection elle-
mesme, n'a pas pû deuancer sa matiere; outre
que son immaterialité suffit pour la porter à
ces merueilleuses connoissances. L'Ame est
principe de son action, & malgré tous les fan-
tosmes deceuans de la volupté, elle se determine d'elle mesme à la vertu: On sçait que
les corps n'agissent point d'eux-mesmes; il
faut qu'ils soient remüez d'ailleurs. Les relations des causes aux effets, & les rapports que
l'Ame obserue des parties auec leur tout
font purement d'elle; il ne s'y mesle rien
d'estranger.

Platon auoit bien raison de dire que les
Philosophes materiels ne peuuent expliquer
comment vn corps peut entendre, puis qu'il
est certain que l'intelligéce n'appartient point
au corps, comme tel, autrement tout corps
en seroit capable. Ce ne seroit plus allegori-
quement, mais à la lettre que les Stoïciens

auroient dit, que Dieu eſt vn feu intelligent.

Non, non, la contemplation des objets
purement intelligibles, ne part point de la
fantaiſie qui ne connoiſt rien que de materiel, comme elle, outre qu'elle luy eſt contraire & qu'elle la dément. Cette action de
l'Ame à vn principe plus releué. Par conſequent ; Si l'imagination eſt liée à la matiere,
ſi elle à des Images materielles, ſans qui elle
n'agiſt iamais ; & ſi l'entendement n'en à pas
& n'en peut auoir pour conceuoir ce qui eſt
ſeulement intelligible, & qui n'eſt pas imaginable ; Il me ſemble qu'à moins de vouloir
diſputer pour diſputer on eſt obligé de conclure, que l'entendement eſt d'vn ordre ſuperieur à la phantaiſie, & qu'il eſt ſpirituel.
L'action ſuit l'eſtre ( diſent ordinairement les
Philoſophes ) & chaque choſe agit ſelon ce
qu'elle eſt. Ce qui agit independamment de la
matiere eſt donc immateriel, & peut ſubſiſter
ſans elle : L'eſprit humain agit de la ſorte lors
meſme qu'il eſt vny au corps ; que ſera ce
quãd il en ſera ſeparé ? Pluſieurs adjoûtent que
la matiere eſtant principe de corruption ce qui
en eſt exempt eſt incorruptible, ce qui eſt
incorruptible eſt immortel, ou bien autre-

ment encore. La mort n'eſt que la diſſolution
des parties, ce qui n'a point de matiere n'a
point de parties ; il eſt donc indiſſoluble:
& ce qui eſt indiſſoluble eſt immortel.

## CHAPITRE VIII.

*S'il eſt vray que rien n'eſt en l'Eſprit, qu'apres*
*auoir touché les ſens.*

POur donner plus de iour à ce qui a eſté
dit de l'Immaterialité de l'Ame, il eſt
à propos d'examiner cette propoſition, laquelle eſt vne ſuitte de la doctrine d'Ariſtote, qui combat en tant de lieux la Reminiſ-
cence de Platon. Ce qui ne ſemble prouuer
autre choſe, ſinon que l'Ame n'a pas tousjours eſté ſçauante, & qu'elle a eſté vnie au
corps pour profiter auec le temps des lumieres qui luy viennent de toutes parts. En ce
ſens le Poëte Lucrece a pû dire, que l'Eſprit
croiſt quand nous croiſſons, & qu'il a, pour
ainſi parler, ſes diuers aages, ce qui eſt dit
poëtiquement. Certes ſans le progrez que
l'Ame fait dans ſes connoiſſances, Elle ne ſe
feroit iamais eſleuée des choſes viſibles aux
inuiſibles, leſquelles ne frapent les ſens ny par

elles-mefmes, ny par leurs images. Ce qui
d uroit fuffire à conuaincre ceux qui croyent,
que toute connoiffance n'eft qu'vne impreffion & vne efpece d'attouchement des objets
fur les organes conuenablement difpofez. Il
faut bien à la verité que les objets s'y prefentent, puis que c'eft à leur occafion que l'entendement fait de fi hautes abftractions ; mais
il faut bien auffi qu'il y ait en nous quelque
vertu feparee des organes & des objets, & incomparablement plus releuée pour demefler
de tant de chofes particulieres, qui s'alterent
& qui fe corrompent, Cette Sageffe vniuerfelle & incorruptible qui reduit la multitude à
l'vnité, afin de la tenir en ordre ; & trouue le
temperament des contraires, afin de faire
toûjours fubfifter ce qui fe deftruiroit de foy-
mefme.

Par l'afpect d'vn Palais & d'vn Tableau,
l'Ame conçoit l'art du Peintre & de l'Architecte ; apprend leur deffein & leur maniere :
Par les mouuemens des Aftres qui font fi iu-
ftes & fi reglez ; elle monte à l'Intelligence
qui les conduit, encore qu'elle ne foit pas
fenfible.

Il eft vray que tous les hommes ne font
pas capables d'vne fi haute meditation, &
des yeux ftupides & barbares, verront cent
fois

fois les originaux de Raphael, sans en apprendre la maniere. Cela prouue euidemment, que les objets qui frappent nos sens, ne sont pas cause des reflections de l'Ame, puis que tous les hommes ne les sont pas, quoy que tous les hommes voyent des bastimens & des tableaux.

La cause de l'erreur. C'est, qu'on n'a pas bien distingué iusques icy entre l'occasion, & la cause. Vne bataille donne occasion à vn grand courage de signaler sa valeur: Mais sa sa valeur seule est la cause de ses beaux exploits.

La mauuaise fortune n'est pas cause que le magnanime braue le mal-heur. C'est sa vertu; vn autre y succomberoit: Elle fait naistre seulement à sa vertu l'occasion de paroistre.

L'Ame humaine, n'est ny Dieu ny Ange, pour sçauoir tout par elle-mesme, ou par les Images infuses dés l'instant de sa creation, elle à sa maniere de connoistre. Elle à d'abord besoin des objets & des sens, pour faire ces obseruations, & parce qu'elle void au monde, en reconnoistre l'ordre & la beauté. C'est pour cela qu'elle est vnie auec le corps; mais quand elle l'a veû vne fois, elle arriue iusques à des beautez qui ne tombent point

M

fous la veuë. Elle monte plus haut que la raifon , elle deuient intelligente , & fans employer ny de temps ny de difcours, elle void
d'vn feul afpect toutes les conclufions dans
leurs principes , & tous les effets dans leurs
caufes.

On pourroit peut eftre dire, que cette pro-
pofition fi fameufe dans les Efcholes. Rien
n'eft en l'Ame, qu'apres auoir frapé les fens,
n'eft pas veritable mefme en ce qui eft des
animaux : n'eft pas veritable en ce qui eft de
l'Ame vegetatiue , ou comme il vous plaira
d'appeller cette vertu qui fait croiftre & nou-
rir les arbres. Elle fait fi parfaitement fes fonctions , que l'art ny peut rien adjoufter. Sans
en auoir iamais eu d'exemple vn Roffignol
diuerfifiera fon chant en mille façons, & paf-
fera fort iuftement fes cadanfes , fans auoir
iamais appris à chanter : Il en eft de mefme
des autres ramages d'oifeaux. L'Hyrondelle
fera fon nid fans hefiter , quoy qu'elle n'en
ait iamais veu faire. L'Abeille compofera la
cire & le miel fans inftruction precedente , &
la Fourmy qui ne fait que naiftre , fera auffi
fçauante que la plus vieille. Prenez-là & luy
donnez des grains de bled, vous eftes affeu-
ré qu'elle en rongera le germe, fans qu'elle
fçache pas aucune experience, qu'autrement

il pourroit prédre racine. Ie voudrois bien fçauoir par quel fens, & par quel objet fenfible les
enfans ont fceu qu'en tombant il faut expo-
fer les mains pour fauuer la tefte. Ie voudrois
bien qu'on me dit, d'où vient qu'en vn mal-
heur impreueu on leue les yeux au Ciel pour
en demander le fecours, & qu'on le regarde
auec eftonnement au recit de quelque énor-
me mechanceté, comme pour en implorer
la Iuftice.

La connoiffance du temps, eft encore vne
conuiction de ceux qui croyent que rien n'eft
prefent à l'efprit, qu'apres l'auoir efté aux fens.
Le fens ne peut connoiftre, ce qui par foy-
mefme ne le touche point, ny par les efpeces
qu'il enuoye, ou, fi vous l'aimez mieux ainfi,
par l'incidence des rayons. Le prefent, le paffé, l'aduenir, qui font les differences du temps
ne font point d'impreffion fenfible. Que fi
la memoire connoift les chofes abfentes, ce
n'eft pas comme telles, parce que l'abfence,
comme abfence, n'a rien de réel, non plus
que les priuations.

Epicure mefme à creû, que le temps eft vne Dieg laert.
lib.10.
chofe incorporelle, que l'on connoift par le
difcours, & non par les fens ; & fi le prefent Lucr. l. 1.
eft vn point indiuifible, comme il n'a aucune
étenduë, il ne les peut pas fraper.

M ij

*Par foy-mefme le temps ne fe peut pas fentir.*

C'eft iudubitablement par toutes ces confiderations qu'Ariftote à prononcé, que l'entendement n'eftoit pas attaché particulierement à quelque organe, & que Pomponacé
mefme, tout ennemy qu'on le croit de l'Immortalité de l'Ame, l'a reconuu & prouué.
Ce que nous allons voir en fon lieu.

## CHAPITRE IX.

### *Que l'entendement n'eft pas vne faculté organique.*

L'Anatomie qui ne trouue point de difference en la fcituation, en la figure &
au temperament des vafes du cerueau entre
quelques efpeces d'animaux & les hommes,
nous demonftre febfiblement que l'Ame,
comme intelligente n'eft point attachée aux
organes, fi ce n'eft peut-eftre qu'on vueille
dire, que les beftes font d'auffi hautes reflections que les hommes, & qu'il y en a de
Theologiennes & de Philofophes.

Les Anatomiftes, dit Zabarelle, n'ont
*Sur.l.3.de* trouué aucune partie dans le corps humain,
*l'Ame* qu'ils puiffent affigner à l'entendement com-
*pag.750.*

me son organe. Car ce seroit ou le ceruéau,
ou le cœur; Mais l'vn & l'autre sont également
dans les bestes; C'est pourquoy ny l'vn ny
l'autre ne peuuent estre attribuez à l'intellect,
autrement il faudroit qu'elles fussent intellectuelles, veu que les parties qu'elles ont
communes auec nous, ont leurs fonctions
égales & leurs exercices semblables.

En vn mot, outre les dispositions que l'homme à communes auec les bestes on n'en rencontre point en luy de particulieres, qu'on
puisse appeller l'organe de son esprit. Cela
fit escrire au Philosophe qu'il n'est pas seulement difficile de dire, mais qu'il est difficile
de feindre qu'elle partie est occupée par l'entendement. En quoy, adjouste Zabarelle, Aristote n'a pas parlé de l'entendement, selon
son estre, lequel est par tout le corps, puis
que c'est vne mesme Ame, qui a les quatre
degrez de vegeter, de sentir, de mouuoir &
d'entendre, ce qui ne differe point réellement
en l'homme; il à parlé seulement de l'operation propre de l'entendement, à laquelle il
n'y a point d'organe particulierement affe-
cté.

Il seroit donc impertinent de dire, que
l'entendement à le corps entier pour son organe, comme le disent quelques-vns, car il

n'eſt pas là queſtion de l'organe donc la cauſe efficiente ſe peut ſeruir, ainſi qu'Orphée
faiſoit de ſa Lyre : il eſt queſtion de celuy
auquel vne faculté eſt attachée, ainſi que la
veuë l'eſt aux yeux.

De cette independance de l'eſprit en la
fonction qui luy eſt propre. La conſequence qu'Ariſtote en a tirée : C'eſt que rien
n'empeſche que certaines parties, ou puiſſances de l'Ame, ne ſoient ſeparables, parce qu'elles ne ſont actes ny formes d'aucun
corps. Il auoit dit ailleurs. L'entendement
n'eſt point meſlé auec le corps ; puis qu'il
n'a aucune qualité, & qu'il n'eſt ny chaud
ny froid. Certes quelque attention qu'on
apporte, & quelque effort que l'on faſſe;
Il n'y a point d'homme qui puiſſe dire, en
quelle partie du corps, ſon eſprit penſe &
raiſonne.

Alexandre Aphrodiſée & l'Arabe Auerroez
ſont d'accord, que l'entendement n'eſt pas
vne puiſſance organique, quoy qu'ils penſent que cela ne faſſe rien pour ſon Immortalité, à cauſe qu'il depend (diſent-ils) des
Images de la fantaiſie, ainſi que la veuë dépend des objets. Ce qu'ayant expliqué ailleurs, ie croy qu'il ne reſte plus rien à dire
ſur vn point ſi important.

*de l'Ame*
*Liu.3.ch.5*

Veritablement on à raison d'aduoüer, que
l'entendement n'eſt point organique, puis
qu'il connoiſt la nature & le temperament des
organes. Car veu que l'organe tient le milieu entre la faculté & ſon objet, il ne peut
agir par reflection ſur ſoy meſme, autrement
l'organe ſeroit la choſe ſur laquelle l'organe agiroit. Il eſt donc apparent que l'eſprit ne pourroit connoiſtre, ce que c'eſt que l'organe : ſa
definition & ſon vſage, s'il n'en eſtoit ſeparé.
Pourquoy cela ? pource, que tout ce qui a
corps eſt tellement attaché à quelque lieu,
ſoit qu'il demeure immobile, ſoit qu'il change de place, qu'il ne peut auancer vers ſoy-
meſme. Voyons le raiſonnement de Pomponace au liure qu'il a fait de l'Ame, ſuiuant
les principes d'Ariſtote. Auoir beſoin d'vn
particulier organe, diſoit-il, c'eſt eſtre receu
dans le corps d'vne maniere eſtenduë & corporelle, comme l'oüye & la veuë ſont attachées aux oreilles & aux yeux. Et partant
n'auoir pas beſoin d'vn particulier organe,
comme d'vn lieu où l'on ſoit receu, & où
l'on reſide, ſans pouuoir s'en détacher, c'eſt
n'eſtre point dans vn corps, ou n'y eſtre point
d'vne façon corporelle. Ce qui fait dire que
l'entendement humain, quand il entend n'a
que faire de corps pour luy ſeruir de ſujet ;

ainſi que les autres accidens ou facultez de l'a-
me. Ce n'eſt pas que l'action de l'entendemét
ne ſoit pas dans le corps, puis que l'Ame intellectuelle y eſt, & que cette action demeure dans le principe qui l'a produit : mais c'eſt
parce qu'elle n'y eſt pas attachée à vn organe,
ny d'vne façon corporelle. C'eſt pourquoy
l'entendement peut ſe reflechir ſur ſoy-meſme, diſcourir & connoiſtre l'vniuerſalité ; ce
que les facultez organiques qui ont quantité
& qui ſont etenduës à l'égal de leurs organes, ne ſont pas capables de faire. La cauſe
de cette difference ſe rapporte toute entiere
à la nature de l'entendement, qui comme tel
ne dépend, ny de la quantité, ny de la matiere, d'où vient que ſon operation n'eſt pas,
moins abſtraite que ſon eſſence.

Iuſques-là Pomponace.

Il eſt donc conſtant que l'eſprit de l'homme n'eſt point organique, & quelque difficulté que ce Philoſophe faſſe de le prononcer abſolument immateriel, parce qu'il eſt
vny aux ſens, & qu'il emprunte ſa conoiſſance
des objets : Cét obſtacle n'eſt pas inuincible
à celuy qui ſe ſouuiendra que l'Ame humaine fait elle ſeule vn ordre particulier dans la
nature, qu'elle eſt ſa perfection, & la perfection du corps animé : que n'eſtant pas crée
ſçauante,

fçauante, elle est vnie aux sens pour s'instruire d'abord, quoy qu'apres elle s'esleue
au dessus d'eux, & demente la fantaisie. En
fin, que si par l'vnion qu'elle a auec la matiere,& parce que toutes les facultez tirent leur
origine de cette diuine forme, quand l'entendement agit de sa part, l'imagination agit
de la sienne: Il arriue pourtant qu'il n'y a pas
moins de difference entre les fonctions de
ce que l'homme a de commun auec les animaux & les fonctions de ce qui luy est propre,
qu'il y a entre la science & l'opinion, ou pour
mieux dire entre la verité & le mensonge.
Comment l'imagination & l'entendement se-
roient-ils vne mesme chose; si l'entendement conçoit ce que l'imagination ne peut
iamais imaginer ? Il ne le conçoit pas seulement, il le démonstre. Chacun sçait que
toutes les parties du monde se pressent vers
le centre, & qu'ainsi sans violence elles ne
le peuuent quitter : Faites faire à vostre imagination ses derniers efforts, elle ne se pourra
iamais representer ce qui est souz nos pieds,
que comme prest à tomber dans le Ciel
de l'autre Hemisphere. Donnez-luy la ges-
ne, s'il se peut vous n'obtiendrez iamais d'elle qu'elle se figure que nos Antipodes puis-

N

sentmarcher, & se tenir fermes de leur costé,
comme nous nous tenons du nostre.

Les Mathematiciens prouuent demonstra-
tiuement qu'vne Estoile de la premieae gran-
peur, comme ils l'appellent, est incomparablement plus grande que toute la terre ; La
fantaisie dementira tousjouss leur iugement
fut-il aussi clair que le Soleil mesme, dont
elle borne la grandeur à si peu d'espace.

*Fernel.*
*Vesal.*

L'entendement void pourtant bien le contraire. Il n'a donc pas son siege dans les vases
du cerueau qui n'ont d'autre employ, selon
les plus sçauans Medecins que de faire escou-
ler les humeurs superfluës, retenir & élabou-
rer les Esprits. A leur dire, les sens interieurs
mesme ny resident pas, c'est à l'origine & au
principe des nerfs qu'ils sont placez, côme au
centre dont l'Ame enuoye son influence par
toute la circonference du corps. Ce principe
des nerfs est dans les animaux, ainsi que dans
l'homme ; les animaux pourtant ne raisonnent pas, dequoy on pourra parler ailleurs.
Les sens interieurs nous portent souuent à
poursuiure ce que la raison nous oblige de
fuïr. La volonté reprime les mouuemens de
la cholere & de la vengeance dont le sang est
tout brusté. Iugeons nous nous-mesmes; n'est-

il pas vray qu'il eſt impoſſible que la nature
ſouffre deux amours contraires en vn meſme
cœur: Deux ſentimens oppoſez dans vn meſme cerueau? Et partant l'entendement & la
volonté ne ſont liez à pas vn organe: ils tiennent immediatement à la ſubſtance de l'Ame,
& ſont des facultez ſpirituelles.

Vn des plus ſçauans & des plus eloquens *Liu. 2. des*
Genies de la Medecne. Fernel ſçauoit bien *cauſes c. 4.*
cette raiſon quand il eſcriuoit que l'Ame ne
ſouffre point des maladies ny des paſſions du
corps. Il n'y a diſoit-il, que la chaleur naturelle & les eſprits qui ſe diſſipent, quand elle
vient à le quitter. Le meſme rapport qui ſe
trouue entre Dieu & la nature, ſe trouue entre l'eſprit & les ſens; l'eſſence de l'vn & de
l'autre eſt également affranchie de la matiere où elle preſide, & du corps qu'elle conduit.
Outre les effets que Dieu produit auec la nature, & que l'Ame produit auec le corps; ils
en produiſent d'autres ſans participation, ny
du corps ny de la nature. L'Ame pour entendre n'a beſoin que d'elle-meſme, elle n'a que
faire d'organe. Que ſi la raiſon eſt troublée
par l'intemperie du cerueau; ce n'eſt pas qu'il
luy ſerue d'organe en ſes hautes fonctions, il
luy ſert ſeulement de domicile. Il en eſt comme d'vn ouurier qui ſe porte parfaitement

bien, lequel pour la perfection de ses ouurages ne demande pas seulement des outils qui
luy soient propres ; mais demande encore vn
lieu bien éclairé, hors du tumulte & du bruit.
Que seroit-ce, si comme l'Ame qui est retenuë dans le corps, il estoit obligé d'en r'afer-
mir les fondemens ébranlez, & d'en soustenir luy-mesme le feste penchant ? donc si le
corps, qui est la maison preparée à l'Ame,
auec cette naturelle obligation d'y demeurer,
& de la restablir tant qu'elle peut, vient vne
fois à tomber, l'esprit n'agira plus, ou agira
mal, ou sera contraint d'en sortir. Cela monstre que l'aduis de Galien est celuy de Platon
& d'Aristote, & que tous trois ont creû que
l'Ame estoit incorporelle & immortelle. C'est
la conclusion de Fernel, par laquelle cét homme excellent en la Medecine fait voir, comme cette faculté est souuent & mal à propos
accusée par vne foule de demy sçauants.

En effet pour estre conuaincu de cette importante verité que l'Ame intellectuelle n'est
liée à pas vn organe, n'est ny corps ny partie du corps ; il ne faut que s'examiner soy-
mesme.

     *Et dans vn corps mortel, immortelle ie voy*
          *Qu'vn Esprit est mon Pere.*

disoit de son ame vn sçauant du siecle. Comme

voulant dire qu'alors qu'elle rentroit en elle-
mefme, elles aperceuoit bien qu'elle n'eftoit
ny l'harmonie des humeurs, ny la compofition
des parties, ny corps, ny fens, ny fantaifie ; mais
quelque vertu fouueraine & dominante fur
toutes ces chofes. L'efprit les regarde comme quelque nature eftrangere & hors de foy.
Certainement fi l'Ame, felon Ariftote, eft la
perfection du corps organique, il fuit clairement de fa doctrine, que l'entendementl e-
quel n'eft pas la perfection, ou comme on parle dàs l'Efchole l'acte d'aucun organe, ne peut
eftre en ce cas la forme du corps. Ce qui explique bien ce que ce Philofophe dit ailleurs,
qu'il y a des puiffances , ou des parties de
l'Ame que rien n'empefche d'eftre feparables
parce qu'elles ne font point actes d'aucune
matiere.

## CHAPITRE X.

*Que l'Ame n'eft pas le temperament.*

L'Honnefteté & la Iuftice , ne touchent
aucune faculté fenfitiue, & ne peuuent
eftre conceuës que par la raifon. Elles ne
font ny chaudes ny froides, ny humides, ny

feiches , ne tiennent rien des premieres &
des fecondes qualitez, des couleurs & de la
lumiere; & neantmoins toute la terre fe gouuerne par leurs loix, ou toute la terre eft mal
gouuernée. On peut dire, que nous ne fçau-
rions point ce que c'eft que l'honnefteté & la
Iuftice, fi nous n'en auions ouy parler. Cela
n'eft pas fans aparence: mais comme dans les
paroles qu'on entend, il y a deux chofes, les
fons graues & aigus qui frappent l'oreille, &
leur fignification, les beftes connoiffent l'vne
& non pas l'autre : Ainfi dans les difcours que
les plus éclairez ont les premiers faits aux autres fur le droit commun, & fur l'equité naturelle : Il y a les mots à diftinguer, & ce que
les mots fignifient. Comment feroit-il venu
en la penfée de ces premiers, & l'auroient-ils
pû faire paffer en celle de leurs fucceffeurs,
qu'il faut par exemple , pour le bien public,
preferer l'honneur à la vie, dequoy toute la
Philofophie demeure d'accord fi l'honneur
n'eft pas vn bien fenfible, & fi la mort eft le
plus redoutable des maux ? Il a falu pour conceuoir d'abord cette croyance , & l'infinuer
apres dans les efprits, que les hommes y fuf-
fent naturellement difpofez. Et par des lumieres nées auec eux ( que plufieurs ont nommé des connoiffances anticipées, & des pre-

céptes pratics. ) Il falloit qu'ils fuſſent capables de certaines veritez à qui les ſens repugnent en des occaſions dangereuſes, auec la
meſme horreur qu'ils ont du trépas. Il a falln
que les hommes fuſſent par la force du raiſonnement, aſſeurez de voir ſans fremir, des
choſes qui troublent la veuë, & ſtupeſient
l'imagination qui demeure comme perclus à
l'aſpect des precipices, où Decius ſe va ietter,
& des braziers ardens, où Sceuola brûle ſa
main. Veritablement, ſi ces hautes reſolu-
tions qui ont fait les Heros & les Martyrs,
viennent de l'homme comme animal, & non
pas d'vne volonté independante de la matiere, & d'vn eſprit qui void ſouffrir ſon corps,
comme ſi c'eſtoit vn corps eſtranger ; Ie ne
voy point de verité que les Sophiſtes ne puiſſent combattre.

L'eſprit qui eſt ainſi maiſtre des ſens, qui
leur commande imperieuſement, comme vn
Seigneur à ſes Eſclaues, qui les force de faire
ce à quoy ils repugnent naturellement, qui
arme la main de Lucrece contre ſon ſein,& qui
eſchauffe le venin des ſerpens,dont ſe fait pic-
quer Cleopatre : Cét eſprit inuincible aux
menaſſes & aux eſperances, intrepide au milieu des roües & des cheualets, paiſible &
tranquille parmy les fournaiſes ardentes: Cét

eſprit qui regarde perir ſon corps piece à piece, comme vn eſtranger verroit de loin l'em-
braſement d'vne maiſon , où il auroit paſſé
la nuict : Cét eſprit, dis-ie, ſi abſolu ſur le corps
en peut-il tirer ſon origine, & doit il depen-
dre de ſes organes ? Ce qui depend d'vn autre le domine-t'il abſolument ? Cette vertu heroïque & diuine , ſi connuë parmy les
Chreſtiens & dont vn ſeul iour à fourny plus
d'exemples au monde que toute l'Antiquité
n'auoit fait en tant de ſiecles, eſt-ellé vn effet du temperament ? puis que de tous aages
& de tout ſexe vn meſme Soleil à veu des Martyrs ſe preſſer en foule, à qui premier empor-
teroit l'honneur d'vn combat dont le prix de
la victoire eſtoit la mort.

Tout ce que l'art cruel qui ſe ioint à la rage,
Lors que de la conſtance elle veut triompher,
Sur des membres ſanglants peut imprimer dou-
    trage,
On leur a fait ſouffrir par la flame & le fer.

Leur grand cœur augmenté par leurs grandes
    bleſſeures,
Cherche pour s'eſprouuer des ſupplices nouueaux,
Et ſans ſe relaſcher au milieu des tortures
Eſtonne les Tyrans & laſſent les Bourreaux.

                                    Comme

*Comme s'ils habitoient en des corps impaf-*
    *ßibles,*
*On ne les void iamais aux plaintes recourir*
*A leurs propres tourmens ils font tous infen-*
    *fibles,*
*Et comme fpectateurs fe regardent mourir.*

  *Le bitume allumé dans le fonds de leurs veines,*
*Leur tient lieu de rofée aux bruflans iours d'Efté*
*Neron blafpheme en vain, & fouffre plus de peines*
*Que fon barbare cœur n'en auoit inuenté.*

  *Inuincibles efprits, honneur de la nature*
*Qu'vne diuine ardeur au Ciel à fait monter;*
*Non, ne redoutez point l'auare fepulture*
*Tous les fiecles n'ont pas dequoy vous furmonter.*

*Mens intacta manet,*
*fuperat, ridetque*
*dolores.*
*Spectanti fimilis.*

    Que Pomponace ne vienne point icy nous
objecter qu'vn cheual s'eft precipité, parce
que par furprife on luy fit faillir fa mere;
cóme s'il y auoit quelque fentiment d'honnefteté, & quelque horreur de l'incefte entre les
beftes, ou que le defefpoir fuft vne vertu. Que
les Naturaliftes ne nous preffent point par l'e-
xemple du Phenix qui dreffe le bucher, où il
fe brufle luy-mefme; ou par l'amour naturelle du Pelican pour fes petits. Oferoit-on op-
pofer à vne fi grande verité de fi grandes fables ? quand elles ne le feroient pas. D'où
vient que le Phenix ne fait que cette action

O

de generofité en tant de fiecles ; & que le
Pelican n'a cette haute vertu que pour les
fiens, & de cette feule maniere ? La vraye
vertu fuppofe l'election & l'election la liberté. S'ils agiffent vertueufement, ils agiffent librement, & s'ils font libres, comme les vertus font fœurs, & fe tiennent toutes par la
main, ainfi que les graces, pourquoy les vertus de ces oyfeaux font-elles ainfi determinées à certains temps, & certains fujets ? ne
peut-on pas dire d'eux ce que nous auons déja dit des Fourmis & des Hyrondelles ; que
fi leur preuoyance eft l'ouurage de leur raifon & de leur experience ; elles en donne-
roient plus d'vne marque, & feroient bien
d'autres chofes que de ronger des efpics de
bled, & baftir des nids. Cela depend peut-
eftre d'vn degré d'imagination determinée
par la nature à certains effets conuenables à
leurs efpeces : Car fi c'eft par vne veritable
vertu & vne veritable liberté independante
des objets & des fens que le Phœnix & le Pelican agiffent ; le Pelican & le Phenix ont
l'Ame immortelle comme nous. Ils font de
mefme ordre & de mefme claffe, & ceux qui
font auares de l'immortalité aux hommes,
en font liberaux aux beftes mefme.

　Mais pour dire la verité, elles n'agiffent

point par des motifs si releuez, & par des
principes si diuins : Elles ne rapportent point
leur vie ny leur mort, ou à l'honnesteté, ou
à la gloire du premier estre.

L'ame brutalle ne subsiste & ne se conserue
que par son vnion auec le corps, & il ne faut
pas attendre à moins que d'estre forcée d'ailleurs, qu'elle entreprenne rien d'elle-mefme qui puisse ruiner cette vnion. Tout ce
que les bestes font va à leur propre conseruation, ou à celle de leurs espece par vne sagesse de nature, qui se sert des passions qui
les emporte, soit douleur, soit volupté, soit
amour, soit rage & fureur, pour leur faire faire ce qu'elles ignorent, mesme en le faisant.
L'exemple des hommes animaux, comme
l'homme spirituel les appelle, est conuain-
quant sur ce point. En la generation de leurs
semblables, tandis qu'ils ne songent qu'à af-
souuir leur brutalité, La nature les employe
à la perpetuation de l'espece, & iustifie qu'il
est vray ce qu'on à dit de l'amour, que c'est
vn desir d'immortalité. Le Phœnix necessité
de se brusler en certain temps par vne impul-
sion naturelle, ne fait rien de plus merueilleux que les oyseaux de passage qui suiuent
l'impression de l'air, & qu'on void se debattre
dans leur cage & voleter incessamment quand

le froid arriue ; fans prendre garde qu'ils font
arreftez & s'apperceuoir de leur prifon. Si le
principe de cette action par laquelle il meurt
pour reuiure eftoit libre & independante ; il
en produiroit bien d'autres ; il trouueroit bien
d'autres occafions de monter les preroga-
tiues de fa liberté. C'eft le priuilege de l'Ame
humaine, que fans eftre incitée par la nature
generale, ny follicitée par fon auantage particulier, du moins qui foit materiel & fenfible;
elle fe porte au bien honnefte par vne volonté que ny les tourmens ny les plaifirs ne peuuent vaincre, & precipite le corps à tout ce
qu'il fuit & qu'il abhorre, fans auoir pour fin
ny la conferuation de l'efpece, ny le bien general de l'Vniuers. Le magnanime n'eftime
fa vie que pour la perdre glorieufement; Ia
l'offenfe, il n'eft point victime de la gloire; il
eft martyr de l'honneſteté. Le defir d'honneur n'eft loüable qu'en ceux qui commen-
cent, il feroit blamable aux perfonnes qui
doiuent eftre confommez. Il y en a peu de
cette force :

*Iffus du fang des dieux peu d'hommes l'ont pû faire,*
Ie l'auoüe : mais il faut auoüer auffi que tous
en feroient capables, fi tous vouloient trauailler. Chacun eft maiftre de fes actions, & par les
actions fe forment les habitudes de l'ame, qui

se ioüe de la fortune & de la mort.L'hiſtoire en
eſt toute pleine,& à la honte des hómes puſil-
lanimes, recommande des femmes & des femmes eſclaues,que rien n'a eſté capable d'épou.
uanter. Ie m'étonne que Pomponace n'ait pas
voulu apperceuoir cette verité, & qu'il ait eſcrit miſerablement ; que ſi l'Ame eſt reputée
immortelle pour ces actes magnanimes,dont
nous auons tant parlé , & pour ces ſpecula-
tions ſi ſublimes: elle doit à plus forte raiſon
eſtre reputée mortelle par tant d'actions baſ-
ſes où elle eſt emportée par les ſens, & tant de
neceſſitez honteuſes de la nature. Certes
quoy que nous n'agiſſions pas touſjours en
Philoſophes moraux & contemplatifs le principe eſt touſjours en nous-meſme ; il ne faut
que l'employer aux occaſions. Et c'eſt ignorer
ce qui eſt ſceu de tout le monde , quon ne
iuge de la nature des choſes que par leurs
proprietez & non par ce qui leur eſt commun
auec le reſte. L'on n'eſt pas homme pour
viure, pour ſe nourrir, & pour engendrer ſon
ſemblable, vne plante le ſeroit. On n'eſt pas
homme parce qu'on marche & qu'on ſe re-
poſe, que l'on veille & que l'on dort,que l'on
void & que l'on eſcoute ; que l'on ſent & que
l'on imagine, vne beſte le ſeroit. On eſt homme parce qu'on eſt raiſonnable ; parce qu'on

O iij

eſt intelligent. Il faut definir par la difference ſpecifique, toutes choſes autrement ſeroient toutes choſes.

L'ame humaine n'eſt pas ame humaine, par-ce qu'elle eſt principe de vie, & de ſentimens: elle eſt Ame humaine, parce qu'elle eſt prin-cipe d'intelligence & de liberté. Elle eſt ame humaine, parce qu'ayant toute la vertu qu'ont les formes materielles ; elle eſt pourtant ſpi-rituelle de ſa nature : Elle eſt ame humaine, non parce qu'elle a pluſieurs actions commu-nes auec les ſens ; mais parce qu'elle en peut produire où les ſens n'ont point de part.

Cela iuſtifie bien ce que Platon, dit quel-que part, que l'Ame de l'homme n'eſt ny le temperament ny l'harmonie des qualitez, puis que ſa plus noble eſtude eſt ſouuent d'y reſi-ſter : puis que l'eſprit à ſouuent dans le corps ſon vray plaiſir & ſa ioye, tandis que ſon com-pagnon eſt dans la geſne & dans les fers. N'eſt-ce pas le ſentiment d'Epicure meſme, s'il eſt vray ce qu'il diſoit, que dans le Tau-reau bruſlant de Phalaris, il ne laiſſeroit pas pas d'eſtre heureux? quoy que d'ailleurs cela ne s'accorde gueres auec l'opinion d'vn hom-me, qui fait de la volupté du corps ſon ſou-uerain bien. Lors que les ſens & l'imagination luy repreſentent la mort, comme la choſe la

plus terrible de toutes : Le Sage iuge que c'eſt
l'inuiolable repos preparé par la nature à ſes
enfans,& le ſeul paſſage à l'Immortalité bien-
heureuſe. Si l'Ame & le temperament ne dif-
feroient en rien , nous détourneroit-elle par
la raiſon, des plaiſirs illicites, où noſtre temperament nous porte; nous conſeilleroit-elle
les honneſtes & les illuſtres douleurs ( ſi on les
peut nommer ainſi) auſquelles il repugne? Se
réjoüiroit-elle quand le corps eſt affligé , &
ſeroit-elle ſaine dans ſes maladies? auroit-el-
les d'autres ſentiments & d'autres deſirs ? le
bilieux pourroit-il reſiſter à la cholere, & le
ſanguin à la volupté? où ſeroit l'employ de
la Iuſtice en la recompenſe des bons , & la
punition des méchans; Si l'homme agiſſoit
ſans liberté, & par neceſſité de nature? on
n'accuſe ny on n'excuſe le feu d'eſtre chaud,
& l'eau d'eſtre froide,parce qu'ils le ſont naturellement. Pourquoy donc loüer ou blaſ-
mer ceux qui s'oppoſent auec effort, ou qui
s'abandonnent laſchement à leurs paſſions
déreglées? Si l'Ame & le temperament ne
ſont qu'vne meſme choſe? Tout ce qui eſt
compoſé ne peut auoir de diſpoſitions contraires aux parties qui le compoſent. Il ne
ſouffre ny n'agit, que ſelon qu'elles agiſſent,
ou qu'elles ſouffrent. La raiſon n'auroit point

de domination ny d'Empire fur les fens, elle
ne les meneroit pas comme elle fait fouuent
en triomphe, fi elle mefme eftoit fenfuel-
le. De cét affranchiffement de la matiere,
de cét afcendant que l'efprit à fur le corps,
on peut dire, que comme vne belle & feconde plante, la liberté de l'homme eft pro-
uenuë. Cette force, maiftreffe du temperament à fa racine dans l'independance de la
matiere. Car c'eft vn argument infaillible,
que nous fommes libres ; de ce que le principe de nos actions, eft en nous feparé du temperament. Les plus fçauans, & les plus fages,
ont efté de cét aduis, & l'experience le con-
firme.

Autrefois les Perfes époufoient leurs fœurs,
& les Gaulois immoloient des hommes. Si la
volonté n'étoit libre, & fi elle ne fe déter-
minoit elle-mefme; le theme du Ciel eft-il
changé, ou le témperament de ces peuples
maintenant que cela n'eft plus ? Autresfois
les Grecs & les Romains, ont eu vne force
martiale, qui les à rendus maiftres du monde : Le fang des habitans d'Athenes & de Ro-
me, eft-il refroidy depuis ce temps-là ? Galien
dit que la Scitie n'a produit qu'Anacarfis de
Philofophe, & que prefque tous les Athe-
niens étoient doctes : Le Ciel & la terre y
contri-

contribuans. Les Elemens & les Aftres font-
ils alterez depuis le fiecle de Platon? Et pourquoy la fcience a-t'elle paffé de ces beaux &
heureux climas de la Grece dans le fond du
Septentrion? quelle conftellation generale à
vniuerfellement changé le premier ordre des
chofes, les qualitez elementaires eftans neantmoins demeurées les mefmes?

Qu'on effaie de nous feduire tant qu'on
pourra par la fauffe Philofophie; l'experience
contre laquelle il n'y a point de raifon; nous
conuaincra tousjours par autant de témoins,
qu'il y a de perfonnes qui fe conuertiffent,
& qui fe repentent, que le temperament for-
tifié mefme de l'habitude, n'a pû tenir contre
la force de l'efprit.

C'eft pour cela, qu'Anaxagore, tant eftimé
en ce point par Socrate, a dit, que l'Efprit ou
l'entendement deuoit eftre feparé du cahos
& de la matiere pour la pouuoir mettre en ordre, comme il a fait, & y dominer fouue-
rainement.

Ariftote, à fi fort approuué cette doctrine,
qu'il la recommande en mille endroits. Dans
le premier liure des Animaux, il enfeigne que
le Phyficien ne doit pas traitter de l'entendement, parce que fa nature eft Metaphyfique;
le Philofophe Italien, qui veut que par les

P

principes d'Ariftote, l'ame ne foit pas Immortelle , dit que cela fe doit entendre du vray
entendement, qui meut , & qui n'eft point
mû. Mais outre que fa diftinction ne fe trouue
point dans fon autheur ; pourroit il dénier que
l'entendement de l'hôme heroïque qui abandonne volontairement le repos, dont il peut
ioüir entre les fiens, pour aller en des climats
barbares , purger la terre de monftres, fans
eftre époüüanté de la mort, dont il void par
tout l'image, peut-il douter, dis-je, que cét
Efprit diuin ne foit le feul autheur de fa glo-
rieufe enrteprife ? Cette volonté n'eft-elle pas
mouuante fans eftre muë, à qui les plus vio-
lens objets ne peuuent faire changer la refo-
lution qu'elle fait prendre aux Martyrs de
l'honnefteté, de perir pluftoft mille fois , que
que de noircir fa blancheur de la moindre
tache.

On dira que c'eft la raifon qui les y oblige,
on dira que leur raifon y eft portée par ces
principes pratics, dont i'ay parlé en paffant.
Ie n'en doute point : mais, on ne peut douter auffi, que cette raifon n'eft pas efclaue des
fens, puis qu'elle y refifte, puis qu'elle les fur-
monte; C'eft encore plus : le vray entendement , que Pomponace dit fe mouuoir fans
eftre meû d'ailleurs, agit ainfi par des motifs

interieurs & fecrets. Et felon l'Academie &
le Lycée, Dieu & la Nature font en toutes
chofes, ce qui s'y peut faire de mieux. Il ne
faut pas, à ce que l'on dit, chercher la caufe
des actions de ce premier eftre, qui eft la
premiere caufe de tout; mais pourtant on
ne laiffe pas de reconnoiftre que fa bonté eft
ce qui la fait agir, & qui l'a rendu communi-
quable.

En fin, la volonté de l'homme temperant
fuit ce que l'apetit fenfuel & le temperament
fuiuent; Elle fuit ce qu'ils fuyent; apres cela,
comment peut-on fe figurer que c'eft vne
mefme chofe?

Le Poëte Lucrece qui eft le grand interprete d'Epicure, renuoye auffi le nom d'harmonie aux Poëtes & aux Muficiens, pour en
faire ce qui leur plaira. L'ame, dit-il, ne refulte pas la compofition des bras, des iam-
bes, des os & des nerfs, puis qu'elle refide en
l'homme mutilé de plufieurs membres. Elle
n'eft pas non plus vn effet du meflange des
humeurs, puis que dans les maladies l'ame du
fage ne laiffe pas de fe réjoüir quand le corps
fouffre.

Ie m'étonne qu'il ne fe foit pas feruy de
fon bel efprit, pour reconnoiftre que l'ame
n'eftoit pas plus l'ouurage des Atomes que de

P ij

la mixtion des qualitez. Les Atomes n'ont ny
fentiment ny intelligence : l'ame eft principe
de l'vn & de l'autre. Il s'eft quelque part fait
vne objection femblable ; mais il n'y a pas
trop bien refpondu : Ceux qui penfent eftre
plus fins, difent que comme les notes de Mu-
fique feparément prifes ne font point d'harmonie, quoy qu'elles en faffent par leur vnion
ne diminuent pas la difficulté ; mais ils l'aug-
mentent. Car ce n'eft pas affez que les notes
foient enfemble fi l'art ne s'en mefle , & ne
trouue les proportions : s'il ne fait chanter de
mouuement & de mefure : beaucoup de voix
font beaucoup de bruit , mais elles ne font
pas l'harmonie. Il faudroit que les Atomes
euffent donc au moins quelque connoiffance : car qu'ils faffent tant de chofes & fi rai-
fonnables, fans raifon c'eft le paradoxe des pa-
radoxes.

Il ne fera pas, ie croy, hors de propos de
remarquer icy, ce qui a donné lieu de croire
que l'Ame eft vne harmonie, quoy que l'harmonie foit l'effet, & non la caufe du mouuement, & ne foit point principe de la volonté
ny de la raifon : quoy que par elle on ne puiffe expliquer toutes les proprietez & les fonctions de l'Ame , ce qui deuroit eftre pourtant , fi l'harmonie en eftoit l'effence. C'eft

qu'on a crû que cela n'étoit qu'vn, qu'on trouuoit toûsjours enfemble, & qu'on ne voyoit
point fubfifter feparément. Deftruifez la compofition des membres, & le meflange des
qualitez, l'Ame abandonne le corps: & que
l'Ame abandonne vne fois le corps, l'harmonie des vns & des autres eft rompuë : ç'a
efté la caufe de l'erreur.

Ainfi, quelques-vns ont creû que l'Ame
eftoit le fang, d'autres que c'en étoit les efprits, qui en font les plus fubtiles parties; d'autres que c'eftoit vn air froid, parce que la ref-
piration eft neceffaire à la vie, & d'autres que
c'eftoit le feu, parce que c'eft le plus actif
des Elemens, & que l'Ame eft toufjours en
action. Ils n'ont pas remarqué qu'en tout corps
le mouuement fe fait par l'element qui domine, & qu'ainfi les animaux deuroient tousjours tendre en bas, parce qu'ils tiennent plus
de la terre que de l'air, du feu, ny de l'eau: ce
qui fait dire aux Phyficiens qu'ils fe meuuent
en partie naturellement, & en partie par violence.

Cependant il y a beaucoup de chofes qui
fubfiftent enfemble, lefquelles ne laiffent pas
d'eftre differentes. La matiere n'eft iamais fans
quelque forme, & la forme n'eft point fans
matiere. Leur effence pourtant, & leur defi-

P iij

nition n'eſt pas la meſme. On ne peut pas
viure ſans cœur : l'Ame & le cœur ſont-ils
vne meſmechoſe?

Ce qu'il y auoit à dire, & ce qui eſt indubitable.: c'eſt , que l'harmonie qui eſt la belle
& iuſte compoſition des membres du corps,
& la mixtion des Elemens où la proportion
preſide , eſt vne diſpoſition neceſſaire à l'introduction de l'Ame. Chaque forme en particulier demande vn certain ſujet pour l'animer ; & chaque ſujet en particulier demande
vne certaine forme. Le corps doit eſtre diſpoſé pour receuoir & retenir l'Ame.

Il y a encore vne autre cauſe de cette erreur. Le ſemblable conçoit ſon ſemblable,
diſoit Empedocle, l'Ame conçoit toutes choſes , elle eſt donc compoſée des Elemens qui
ſont les principes de toutes choſes. Cette raiſon n'eſt pas trop bonne : car on conçoit le
contraire par ſon contraire. Elle peche encore en ce que ſi le ſemblable connoiſt ſon ſemblable, & ſi l'Ame eſt compoſée des Elemens
meſlez auec harmonie, & certaines proportions qu'il eſt aſſez malaiſé d'expliquer quãd on
demãde de quelle harmonie eſt faite la vegetante & la ſenſitiue, l'imaginatiõ ou la memoire, il s'enſuiura que l'ame ne connoiſtra qu'elle
ſeule, parce que le reſte des choſes n'eſt point

composé de la maniere qu'elle est composée.
Le meslange des Elemés qui a donné l'estre à
mon Ame, suiuant Empedocle, n'est pas sem-
blable en moy & en tous les autres : il faudroit que la difference qui distingue chaque
particulier fut en moy pour me rédre capable
de le connoistre. Elle ne connoistra pas mesme les Elemens, dont elle est venuë, la terre
par sa partie terrestre, le feu par sa partie ignée,
l'eau par sa partie aqueuse ; & l'air par les esprits aëriens: pour ce que les Elemens qui sont
purs en eux-mesmes sont alterez par leur mé-
lange dans les mixtes. Elle ne connoistra aucune chose ; parce que la nature & les proprietez de chacune dependent d'vne mixtion particuliere , laquelle n'est pas en l'ame , & n'y
peut estre : l'Ame est vne & finie , & les mé-
langes sont infinis. Outre que pour connoistre comme fait l'Ame raisonnable, il faut
s'esleuer au dessus de ce qu'on connoist , &
se refléchir sur soy-mesme, ce que le corps ne
fait point. L'œil void tout & ne se void pas,
& l'imagination qui imagine tant de choses,
ne peut imaginer qu'elle imagine, elle ne s'i-
magine pas elle-mesme ; mais cecy est d'vn
autre discours. Voyez vn peu, ie vous prie, où
nous en serions réduits. Nous perdrions la connoissance des objets, selon que nostre tem-

peramant changeroit, cóme il arriue fouuent,
& ce qui eft de plus fafcheux, nous perdrions
noftre Ame mefme. Les enfans font chauds
& humides, les vieillards font froids & fecs : à
quinze & à quatre-vingts ans vn homme n'auroit plus la mefme ame. La feule commodité
qu'il y auroit, c'eft que nous pourrions changer d'ame quand il nous plairoit : comme par
les medicamens & le regime de viure on change de temperament.

Il y a mille autres raifons : mais c'eft affez
maintenant d'auoir fait fouuenir tous les vertueux de ce qu'ils peuuent, & qu'ils trouuent
par leurs grandes actions des preuues con-
uainquantes en eux-mefmes, de l'Immortalité de leurs Ames. Immortalité non Me-
taphorique, comme eft celle qui vient de la
Renommée ; mais réelle & veritable, comme
eft celle des Intelligences qui fubfiftent par
elles mefmes. C'eft l'heureufe & l'infaillible
efperance des Ames heroïques, dont elles ne
déchéeront iamais. Toute autre recompenfe
feroit trop petite pour elles, puis qu'il n'y a
rien de grand en tout ce qui doit finir.

*Achille etoit d'vne beauté*
*Et d'vne valeur fans feconde,*
*Et deuant qu'il parut au monde*
*Iupiter l'auoit redouté*

Il

*Il craignit de perdre sa foudre*
*Et sa crainte le fit resoudre*
*A quitter l'amour de Thetis :*
*Car le fils d'vne telle mere*
*Sur les peuples assuietis,*
*Deuoit regner mieux que son pere.*

*En naissant il receut des Cieux*
*La victoire pour son partage,*
*Qui luy donna tant d'auantage*
*Sur l'Asie, & ses demy-Dieux.*
*Il fut plus grand que la fortune,*
*Et malgré Mars, malgré Neptune,*
*La gloire par tout le suiuit ;*
*Mais en fin il accrût le nombre*
*De ceux que la Parque rauit*
*Et n'est plus maintenant qu'vne ombre.*

*Ces deux riuaux de l'Vniuers,*
*Ces deux chefs ialoux de la Terre*
*Qui mirent tout le monde en Guerre,*
*Pour mettre tout le monde aux fers,*
*Le grand Cesar, le grand Pompée*
*De qui la foudroyante épée*
*Remplit tous les hommes d'effroy,*
*Tomberent sous la destinée,*
*Et d'elle receurent la Loy,*
*Que par tout ils auoient donnée.*

Q

*Les sciences n'exemptent pas*
*Du fatal devoir qu'il faut rendre*
*D'Empedocle on à veu la cendre*
*Et d'Heraclite le trépas;*
*Ces grands Falmbeaux de la Nature*
*Sont éteints dans la sepulture,*
*Et de leur éclat n'est resté,*
*Qu'vn peu de vent & de fumée*
*Par les soins de la Renommée*
*Qui veille pour l'Antiquité.*

## CHAPITRE XI.

### *Si les animaux raisonnent.*

LEs Declamateurs & les Sophistes ont
rendu cette proposition fameuse, & re-
cherché de la reputation entre les hommes,
par cela mesme qui la leur deuoit oster. Tout
le monde deuoit s'opposer à ceux qui vouloient deshonorer tout le monde, & les traiter comme les ennemis publics du genre humain. Mais ne sont-ils pas encore les plus
cruels, & les plus iniustes de la terre d'abuser
de leur force & de leur adresse à destruire &
à tourmenter tant d'animaux innocens, qu'ils
disent estre leurs semblables. Il faut soustenir

contre ces hommes des-humanifez, ie ne
fçay fi les Puriftes me pardonneront ce mot,
les priuileges de l'Ame humaine, & perfua-
der ce qui n'eft pas fort incroyable : Que les
beftes ne font que des beftes.

Ce qui eft le plus parfait en chaque genre
eft la reigle & la mefure du refte ; & par confequent ; puis que l'homme eft le plus parfait
des animaux, on doit iuger de leur perfection
par la fienne : comme la Chirurgie en la diffection des beftes, fe reigle fur la diffection
du corps humain.

De cette verité infaillible , ie ne fçay par
quel accident la fauffeté eft defcenduë , &
par quel renuerfement d'ordre , au lieu que
l'homme deuoit tousjours tenir fon rang au
deffus des beftes, non feulement il s'eft rendu femblable à elles, mais il leur eft deuenu
inferieur. Car s'il eft vray que les Abeilles ont
vne politique raifonnée, & fi par la force de
leur genie les oyfeaux de proyé ( fans l'auoir
iamais appris ) connoiffent leur gibier & le
prennent , comme l'Efperuier malade de la
goutte, fait fon remede des moineaux dont
il fe paift , & ainfi de cent autres exemples :
non feulement les beftes participent à la raifon, mais elles font plus parfaites & plus ac-
complies que l'homme. En elles cette facul-

Q ij

té n'a pas befoin du temps, ny de l'experience : Elle leur eft donnée d'abord toute in-
ftruite & toute fçauante. Et partant cét argument ne prouue rien , parce qu'il prouue
trop.

Il y en a de plus modeftes qui difent, que
veritablement les beftes nous font inferieures en ce point , quoy que la difference d'elles & de nous, ne foit que du plus au moins.
Le plus & le moins cependant ne changent
point l'efpece felon eux, & ainfi par leur propre raifonnement on void, que ces grands
Autheurs font des beftes. Il ne faut pas pourtant fouffrir l'iniure qu'ils fe font eux-mefmes,
& puis qu'ils agiffent en Philofophes, il faut
expliquer philofophiquement cette maxime
de l'Efchole, que le plus & le moins ne changent pas l'efpece des chofes. A la prendre
ainfi nuëment, la Phyfique, la Mathematique & la Metaphyfique, ne feroient qu'vne
fcience : parce qu'elles ne confiderent les
chofes que felon qu'elles font plus ou moins
abftraittes & feparées de la matiere. Toutes les couleurs feroient d'vne efpece : parce
qu'elles ne different que par la plus petite, ou
plus grande participation de la lumiere ; Il
n'y auroit point de genres diuers d'animaux,
& non feulement le Lion & le Cheual, mais

l'Homme & l'Afne feroient de mefme nature. Aprenez donc, ô mauuais Logiciens, ap-
prenez que cét axiome n'a lieu, qu'en ce qui
eft d'vn mefme ordre; Vn homme n'eft pas
d'vne autre efpece pour eftre plus fçauant
qu'vn autre, vn Nain n'eft pas moins homme qu'vn Geant, plufieurs lingots d'or font
tousjours de mefme métail, quoy que l'vn
foit plus pur & plus affiné que l'autre. Ainfi,
au degré de la vie, & du fentiment, l'homme n'eft pas plus viuant & fenfitif que les
Ours & les Pantheres. Mais comme les animaux ont leur difference fpecifique, & que
chaque efpece à des bornes que la nature ne
confond iamais, on ne peut dire que l'homme & la befte ne different de raifon, que
felon le plus & le moins fans manquer de
fens commun & de Logique, & fans confondre toutes chofes.

Apres auoir prouué au chapitre precedant,
que l'efprit humain connoift ce qui eft purement intelligible, & qui ne frape nos fens,
ny par foy-mefme, ny par fes images; on ne
peut douter que l'efprit humain ne foit d'vn
ordre tout à fait fuperieur, & auffi different
de la fantaifie animale que la lumiere du iour
l'eft des tenebres. Ie fçay qu'il y a eu des fages mondains qui nous ont voulu ofter cette

gloire, affeurant que les animaux étoient capables de religion , & que par les effets ils
pouuoient remonter iufqu'à la premiere caufe. Les Elephans, difent-ils, adorent le Soleil
naiffant. Quelque Elephant de leurs amis les
à peut-eftre initiez en ces myfteres , autrement, il faut eftre grád deuin pour fçauoir par
quel principe ils leuent la tefte vers l'Orient,
Si l'on dit que ce n'eft pas par l'inclinatio naturelle de regarderce qui eft beau,& de tour-
ner les yeux dn cofté d'où vient la lumiere. Le foucy, ou fi vous voulez vn plus beau
mot, l'Heliotrope, eft plus religieux fans com-
paraifon que les Elephans , il fe tourne inceffamment vers ce bel Aftre. Et ces Plantes
qui ouurent leurs feuilles la nuict, & les fer-
ment le iour , fe font-elles point confacrées
au culte de celle que les Syriens appelloient
la Reine du Ciel?

Les beftes n'agiffent point comme l'entendement humain par des voyes fi hautes & fi
fublimes que les fens & la matiere n'y ayent
point de part , comme en ce qui eft de la
croyance d'vn premier eftre, où les ames des
beftes font independantes du corps , & par
confequent Immortelles. Car la nature demeure toûjours ce qu'elle eft ; & fi la preuue
de l'Immortalité eft l'independance de la

forte que nous l'auons expliquée, si les hom_
mes & les animaux ne font qu'vne efpece : il
faut que leur aduantage foit pareil : c'eft ce
que Marfile Ficin refpond tout en vm mot à
mille faux rai-fonnemens que l'on fait fur la
pretenduë raifon des beftes.

La caufe de l'erreur, c'eft que l'homme qui
fe cherche par tout , & qui fe veut trouuer
en toutes chofes, parce que comme l'animal
le plus parfait, il eft la reigle des autres , attribuë fa maniere d'agir à tout ce qu'il void.
Il dira que la terre raifonne quand elle cherche fon centre comme le lieu qui luy eft propre, à caufe qu'il raifonne luy-mefme quand
il fe repofe quelque part.

Ce fera pour aller à fa Sphere que le feu
pointe en haut, & pour fe dégager des impu_
retez de la terre. Le vegetal raifonnera dans
fa iufté œconomie : & cette égale diftribu-
tion qui fe fait du fang par toutes les parties
de nos corps viendra du foye & de fa chaleur
naturelle , comme d'vn principe de raifon.
Quand la pluye tombe icy bas , les petites
goutes d'eau raifonnent , diroit quelque bel
efprit , parce que par leur figure ronde elles
font face de tous coftez pour fe deffendre de
leur contraire, & pour ramaffer leurs forces.
On dreffe ainfi les bataillons.

Ce que ie dis eft fi veritable, que l'homme attribuë ordinairement aux autres ce qui
luy eft propre : qu'il n'y a point d'amans,
d'auares, ny. d'ambitieux, qui ne penfent que
chacun agift par les mefmes motifs qu'ils a-
giffent ; pour peu qu'ils y remarquent de ref-
femblance. Nous faifons cent actions fans raifonner que nous attribuons.à la raifon quand
nous les voyons faire aux animaux ; & les enfans auant qu'ils raifonnent prennent le te-
ton de leurs meres, & en tirent leur nouri-
ture plus adroitement que le plus fçauant Philofophe : ce font impulfions naturelles, ce font
deftinarions des chofes à certains vfages.

En verité , quoy que nous ne foyons pas
dans la fantaifie des beftes pour fçauoir ce
qui s'y paffe ; Il eft bien mal-aifé que leurs
admirateurs puiffent nous conuaincre, s'ils
n'en fçauent rien, non plus que nous. Quels
nouueaux Docteurs font-ce là, qui enfei-
gnent ce qu'ils ignorent, & qui doutent de ce
qu'ils fçauent ? Car fi raifonner eft faire progrez, & s'auancer d'vne conoiffance à l'autre,
où trouuerons nous la raifon des Hyrondelles,
des Abeilles, & des Fourmis ? Si elles raifonnent, comme on dit, n'a-t'on pas lieu de s'é-
tonner de ce que la plus vieille Hyrondelle
n'ait point profité de fon experience, qu'elle
ne

ne fasse mieux son nid, & ne l'embellisse dauantage que les plus ieunes. Quoy qu'on die,
elles font determinées par la nature à vne seule chose qu'elles font tousjours de mesme façon, ce qui montre assez qu'elles agissent
sans raisonnement & sans liberté.

Cette preuue est demonstratiue, elle est
tirée de l'essence mesme, & de la definition
de la chose. La raison est nommée discours,
parce que c'est comme vne course de l'Ame,
qui va de ce qu'elle connoist, à ce qu'elle ne
connoist pas. L'entendement est vne faculté également capable de connoistre le vray
& le faux, & la Science est des contraires aussi bien que des semblables. Mais où
voyons nous que l'Abeille fasse tantost son
miel d'vne façon & tantost d'vne autre, ad-
joûtant ou diminuant à la composition de
son ouurage, comme font tous nos artisans?
Nous ne disons pas que le feu raisonne quand
il separe les Metaux les vns des autres, &
consume leurs impuretez : parce que selon
la matiere qui luy est donnée, il fait toûjours la chose de mesme façon. Ainsi qu'il
n'a point de raison, il n'a point de liberté.

Il en est de mesme des Abeilles. Il est l'in-
strument de l'Art; Elles le sont de la Nature.
Voila toute la difference, si ce n'est qu'on

R

vueille aduoüer que la fortification ne leur
eſt pas inconnuë, & qu'elles ont fait leurs
cours en Mathematique, parce que la figure exagone qu'elles donnent à leur grande
place, la rend ſi reguliere & ſi forte qu'elle
ſe deffend de tous les coſtez.

Apres auoir monſtré que la raiſon ne conuient point aux beſtes, donnons ( par vne
remarque importante) l'explication des cauſes qui les font agir ſi excellemment.

Ie laiſſe aux Phyſiciens, à dire ce que c'eſt
que l'imagination, & la memoire ſenſitiue:
Ie dis ſeulement auec Ariſtote, que les animaux qui ont l'vne & l'autre, ſont capables
de quelque diſcipline, & de tous les effets
que l'on impute vulgairement à la raiſon.
C'eſt à ces deux puiſſances que l'on doit ra-
porter tout ce que Porphire & Plutarque,
Lipſe & Montagne ont ſi fort exageré à la
loüange des animaux. Ceux qui imaginent,
ou ſe ſouuiennent, ſont capables d'eſtre in-
ſtruits, & principalement quand ils ſont pi-
quez par le plaiſir ſenſible, & par la douleur.
Alors leur apetit emporté par la fantaiſie, ſe
rend ſouple & obeïſſant : Et par là ils con-
tractent des habitudes, & des diſpoſitions à
tout ce qu'on veut, les vns plus facilement
que les autres, ſelon qu'ils ont la fantaiſie

plus viue, & le fens plus aiguifé par la chaleur du fang, & la fubtilité des efprits, foit du cœur, foit du cerueau.

La conuiction eft toute entiere en ce que les animaux qui manquent de ces facultez naturelles, comme les Huîtres & les Limaçons, ne peuuent rien apprendre des hommes, ny du temps mefme.

On pourroit faire des liures entiers fans bien s'entendre les vns les autres, faute d'auoir fait ces deux importantes obferuations: de la nature ou definition de la raifon, & des puiffances internes de l'Ame des beftes.

Ne void-on pas tous les iours que les imaginatifs, felon le degré d'excellence qu'ils poffedent, font fans raifonner des ouurages merueilleux, & furprennent les Maiftres mefmes fans qu'ils puiffent rendre raifon de ce qu'ils ont fait.

Les Singes font capables de tant de chofes, parce que leur imagination eft fufceptible de tout ce qu'ils voyent, & reçoit viuement les impreffions des fens. Il ne faut rien chercher au de là. De tout ce dont ils n'ont point d'images fenfibles, ils n'ont point de connoiffance, autrement s'ils auoient des idées, & des reprefentations vniuerfelles, &

R ij

s'ils raifonnoient comme nous ; ils auroient inuenté les Arts, dont ils n'ont pas moins de neceſſité que nous en auons , & le fer & le feu auroient eſté entre leurs mains des inſtrumens à tout faire. Quelque Singe auroit eſté aſſez curieux pour rechercher les cauſes & les principes du monde : Cependant on en void peu de Philoſophes, & auſſi peu d'Artiſans ; peu d'Architectes & peu de Peintres. Ce n'eſt pas que peut eſtre en quelque terre inconnuë, & qu'on découurira quelque iour , il n'y en ait de Poëtes, & d'Orateurs. C'eſt donc mal raiſonner , que d'attribuer à la raiſon , ce qui a , & ce qui doit auoir vne autre principe : L'ame des beſtes n'eſt point ce cercle miſterieux de Platon qui va de la cauſe à l'effect, & de l'effet à la cauſe : Si cela eſtoit l'Ame des beſtes auroit connu Dieu , & l'auroit reconnu par des Sacrifices & des offrandes. Vne eſpece d'animaux ne feroit pas naturellement vne ſeule choſe, elle s'eſtendroit par tout, parce qu'elle ne feroit pas déterminée par vn certain objet, & par vne certaine matiere. S'ils auoient de la raiſon , ils auroient de la liberté, qui ſe connoiſt par la deliberation, & par l'election de pluſieurs moyens, pour arriuer

feruent à la mefme fin. Ils feroient capables
de vice & de vertu , & la plus part (comme il
arriue) ne mangeroient pas leurs petits, fans
en auoir de remord, & fans eftre touchez de
penitence.

Ils auroient des Legiflateurs & des Iuges ;
qui fçait s'ils n'en ont point, dira quelque
Pyrrhonien? principalement apres ce qu'Ho-
mere a dit de la bataille des Grenoüilles, qui
ont des Capitaines, & des Generaux d'Armée?

Il y peut auoir encore vne autre caufe de
l'erreur, outre celle que nous auons tantoft
remarquée. C'eft que comme ordinairement
on prend pour vne mefme chofe ce qui fe
reffemble feulement : de ce que la fantaifie
des animaux & l'entendement de l'homme,
ont quelque conformité, Les Philofophes vulgaires les ont confondus enfemble. La fantaifie & l'entendement font des facultez naturelles: la fantaifie & l'entendement connoiffent: la fantaifie & l'entendement connoiffent
par des Images : la fantaifie & l'entendement
font perfectionnez par leurs objets : La fantaifie & l'entendement, n'ont pas befoin pour
agir de la prefence des chofes mefmes, Ce
qui eft apparent par les fonges: En fin, l'homme entant qu'animal , & felon fon genre, à
vne conuenance effentielle auec les beftes:

R iij

c'eſt pourquoy, on s'eſtonneroit mal à propos, s'il vit, & s'il meurt, comme elles. C'eſt aſſez pour faire prendre le change aux Philoſophes populaires. Il n'y a que ceux qui (ſelon la doctrine de Platon) ſçauent tirer la difference de la reſſemblance meſme, qui ſçachent remarquer que l'entendement eſt immateriel, & que la fantaiſie eſt materielle, que l'entendement connoiſt les eſprits, la fantaiſie connoiſt ſeulement les corps: L'entendement à des Images Spirituelles, la fantaiſie de corporelles: L'entendement eſt perfectionné par l'intelligible, d'où vient que Dieu (qui eſt la premiere verité, & partant le premier intelligible) en eſt le principal objet: La fantaiſie eſt perfectionnée par le ſenſible, & l'imaginable, d'où vient qu'elle ne peut s'eſleuer aux formes ſeparées de la matiere, & ne fait point d'abſtractions: Si elle en faiſoit, la beſte ſeroit homme, & l'homme ſeroit beſte, & ce paradoxe des Sophiſtes ſeroit vne verité.

*Liu. 5. de l'Ame c.3. chap. 5. & ch. 4.* Ariſtote remarque d'autres differences entre la fantaiſie & l'entendement, & prononce nettement, que les animaux ne raiſonnent point, les vers & les fourmis (dit ce Philoſophe) n'imaginent nullement, & s'il y a des beſtes où la fantaiſie ſe trouue, la raiſon ne

s'y trouue pas. Il apporte cette preuue indubitable de la difference de ces facultez; c'eſt
que par la raiſon nous ſommes conuaincus de
la verité de certaines choſes, que la fantaiſie
accuſeroit de fauſſeté. Certains objets luy pa-
roiſſent tout autrement qu'ils ne ſont. Le Soleil ne luy ſemble pas auoir plus de tros pieds
d'eſtenduë, & nous ſommes perſuadez par raiſonnement qu'il eſt plus grand que toute la
terre. Apres cela, l'on ne peut ſouſtenir que
l'entendement & la fantaiſie ne different
point; ſi l'on ne veut confondre les contraires, & dire que le faux & le vray ne ſont
qu'vne meſme choſe.

Quelle eſt la Logique de la plus part de nos
beaux eſprits! Parce que le ſentiment, & l'i-
magination eſt vne eſpece de connoiſſance.
Ils ſe perſuadent que toute connoſſance eſt
imagination & ſentiment, ſoit Science, ſoit
Art, ſoit Prudence, ſoit Opinion. N'eſt-
ce pas, comme qui diroit que tout animal
eſt homme, parce que tout homme eſt animal?

L'erreur eſt pareille de ceux qui ne pouuant
pas diſtinguer entre vne forme ſans matiere,
& vne forme vniuerſelle, ſur ce que le ſens reçoit les Images des choſes, & non pas les choſes meſmes, aſſeurent que l'homme ne fait

point d'abſtractions au deſſus de celles des beſtes. Ils ne prennent pas garde que le nom de forme à plus d'eſtenduë que celuy d'vniuerſel. Si les animaux auoient pû former des notions vniuerſelles, ils auroient inuenté les Sciences & les Arts qui n'ont point d'autres principes. Qui ſçait, dira quelque fort eſprit, s'ils n'en ont point fait des liures, que la ſaloufie des hommes aura ſupprimez?

C'eſt la fonction de l'eſprit de connoiſtre les choſes vniuerſelles, & non pas du ſens, qui eſt des choſes ſingulieres, ſi Ariſtote en eſt creû. Autrement, comment eſt-ce qu'vn fils pourroit connoiſtre ſon pere? quelque femme docte & galante qui auroit pris vn autre pour ſon mary, pourroit trouuer quelque ſecours en cette nouuelle Philoſophie. Mais, dit-on, il ſe trouue des iumeaux ſi pareils, que leur propre mere s'y trompe, & de pluſieurs pieces d'or on ne peut diſcerner l'vne de l'autre, quand elles ont changé de place.

Il faut pourtant bien que ces enfans different puis qu'ils ſont deux : S'ils eſtoient pareils en tout, ce ne ſeroit qu'vn. C'eſt ce que l'entendement obſerue, & non pas le ſens: il n'appartient qu'à luy de conter; parce qu'il n'appartient qu'à l'entendement de donner l'ordre. Ce qui prouue que le ſens meſme ne

diſcerne

discerne les objets que par la lumiere de l'esprit : ce n'est pas seulement sentir ; c'est iuger, que de connoistre qu'vne chose est singuliere, ou vniuerselle. La couleur fait son impression sur les yeux, comme rouge, verte, ou blanche, & rien plus. Les ressemblances des objets ne sont de soy, ny vniuerselles, ny particulieres ; elles deuiennent telles, selon les diuers regards de l'esprit, qui void si elles peuuent conuenir à plusieurs sujets ou à vn seul.

La mere des deux jumeaux sçait fort bien que l'vn n'est pas l'autre : ce qui fait qu'elle se trompe, c'est que la difference qui est entr'eux est si peu sensible qu'elle se confond auec le reste. Ainsi dans vn concert, il y a quelquefois des parties qui couurent les autres ; ainsi le son d'vn flageollet se perd parmy celuy des trompettes, & le chant des Muses est estouffé parmy le bruit des tambours.

Comment est-ce mesme qu'vne lumiere trop esclatante, & qu'vne couleur trop viue blesse les yeux ; si les images n'ont point de matiere ? il est vray qu'elles en ont si peu, quand on les compare aux objets qui les impriment, qu'elles semblent n'en point auoir, & c'est ce qu'Aristote à voulu dire. La cire

S

reçoit la figure de l'anneau d'airain, & ne reçoit pas l'airain de l'anneau.

On pourroit dire encore que ce Philosophe, qui parmy les tenebres de l'idolatrie, amusoit tant d'idiots auec sa cuisse d'or & qui craignoit en mangeant d'vne vache, de manger sa mere a esté occasion à sa posterité philosophique de cette belle opinion du raisonnement des bestes. Elle est sans doute vne suite de la vieille réuerie de Pitagore, lequel apres auoir introduit le passage des ames humaines aux corps des Poules & des Coqs, pour ie ne sçay qu'elles ridicules expiations qui leur y fait faire, n'a pû selon ses principes leur refuser la raison. Mais c'est peut-estre trop raisonner sur vn sujet si peu raisonnable.

## CHAPITRE XII.

### Par quel moyen on peut respondre à toutes les difficultez des Epicuriens.

ON demande pourquoy dans la frenesie, la Letargie, & le sommeil, l'entendement qui n'a point de particulier organe, & qui ne dépend point ) à ce que l'on

dit) de la matiere, ne laiſſe aucune marque
de ſa ſpiritualité? Lucrece à voulu tirer de là
des conſequences dangereuſes. I'en ay exprimé ainſi quelques vnes en vers :

Vn tel nœud d'amitié ſerre les deux parties,
Et l'Ame à pour le corps de telles ſympaties,
Qu'elle ſent ſes douleurs, qu'elle ſouffre ſes maux
Et porte auecques luy le faix de ſes trauaux.
   Ce que la Grece à feint de Pylade & d'Oreſte
De l'Amour d'Artemiſe, & de celuy d'Alceſte
N'eſt qu'vn foible crayon de ces liens puiſſans,
Qui forment les accors de l'eſprit & des ſens.
   Ils naſquirent enſemble & ſans ceſſe y demeurent
Et quand il faut mourir, c'eſt enſemble qu'ils
     meurent :
Ils ont meſme naiſſance, Ils ont meſme berceau
Et la Parque pour eux ne tourne qu'vn fuzeau.
   Faut-il pour le prouuer prendre vne peine ex-
     tréme,
Si de ces veritez i'ay la preuue en moy-meſme?
Certes ie ne ſuis point ce qu'autrefois ie fus,
I'ay le corps plus robuſte, & l'eſprit moins confus.
   L'vn à plus de vigueur, l'autre à plus de def-
     fenſe,
Que lors que ie quitay le laict de mon enfance,
Et l'on verra tomber mes ſens & ma raiſon,
Souz le peſant fardeau de ma vieille ſaiſon

Mon ame auec mon corps confuſément meſlée,
Sera comme vn flambeau dont la cire eſt bruſlée.

## Et ailleurs.

La nuiƈt nous en fait voir des ſignes apparens,
Au mouuement ſoudain des ſonges differens,
Toute vertu leur cede & demeure allarmée
D'vne vapeur de ſang d'vne vaine fumée,
Et celuy que le fer n'a iamais ſurmonté,
Le plus grand des Heros en eſt épauuanté.
Mais quand on à fait tréue auec la fantaiſie,
Et les illuſions dont elle eſtoit ſaiſie
Des faueurs du ſommeil noſtre ame vs à propos
Et le corps & l'eſprit ont le meſme repos.

En voicy encore quelques autres ſur l'impreſſion, que la morſure des Serpens fait ſur le
corps & l'eſprit.

Noir enfant de Meduſe, ô Dipſade alterante
On connoiſt ton poiſon à l'ardeur deuorante,
Qui retire les nerfs, qui fait battre le flanc
Bruſle les inteſtins & leur boit tout le ſang:
De ce monſtre cruel à la nature humaine,
La picqueure ſe cache, on l'apperçoit à peine
Et toutesfois le mal en eſt ſi violent,
Que pour s'en garantir tout remede eſt trop lent.
Il n'eſt point de raiſon, il n'eſt point de ſageſſe,
Qui ſe puiſſe parer du venin qui la bleſſe,

Et malgré la constance & ses puissants efforts
L'esprit est altéré de mesme que le corps,
Si parmy les valons quelqu'auare fontaine
Distille vn peu d'humeur d'vne maligne veine,
On la boit iusqu'au fond, & l'on boit son tour-
     ment,
Ce breuuage fatal accroist l'embraZement,
En fin il faut perir, le Gange ny l'Euphrate
Ne pourroient pas suffire à cette soif ingrate,
Qui ne s'esteindroit pas pour cent fleuues versez,
Et ne leur diroit pas, Riuieres c'est assez :
Que dirons-nous du vin, que dirons-nous des
     femmes,
Qui precipitent l'homme à des actes infames,
Qui perdent les plus grands, honteusement
     vaincus,
Par la double fureur d'Amour & de Baccus?
Ils ne connoissent plus ny deuoir ny Iustice,
Au lieu de le punir, ils font regner le vice,
Et comme le Soleil eclipsé dans les Cieux
Leur aueugle raison est fatale en tous lieux.

    Nous dirons que la passion doit estre soû-
mise à la raison, ou qu'il ne faut plus que
l'homme se vante d'estre raisonnable. Et
pour ce qui est des songes, des venins & des
maladies, laissant ce que dit Aristote, que c'est
l'organe, & non l'Ame qui pâtit, & qu'vn

vieillard verroit comme vn ieune homme s'il
auoit les mefmes yeux.

Ie ne feray qu'vne refponfe, dont il faut que
chacun demeure d'accord. C'eft que l'Ame,
qui n'eft pas feulement fa perfection, ou fa
forme, mais qui eft de plus celle du corps,
puis que ce n'eft qu'vne feule ame, ainfi que
nous auons monftré, eft finie de nature &
de puiffance. Et partant, lors qu'elle agit de
toute fa force pour repouffer le venin qui
menaffe de tuer le corps, ou pour digerer les
viandes durant le fommeil, & reftablir la vigueur en tous les membres, elle ne peut pas
agir comme fpirituelle. Cela ne doit pas nous
furprendre, puis que dans noftre plus parfaite
fanté, Si l'Ame vient à agir toute entiere, &
de toute fa puiffance, comme fpirituelle, elle
ceffe d'agir comme forme : la matiere de ce
qui fait voir que c'eft vne mefme Ame qui
agit de ces deux façons, iufques-là qu'vne ve-
hemente application d'efprit eft quelquefois
fuiuie de defaillance, & l'homme peut mourir dans l'extafe & le rauiffement des chofes
diuines. I'experimente tous les iours, que ie
voy fans voir, les objets qui paffent deuant
moy, lors que l'attachement de mon efprit
eft extréme, & qu'il donne toute fon attention à vne chofe. On fçait l'hiftoire d'Archi-

me dedans Syracuse prise, & on ne peut ignorer, à moins que de s'ignorer soy-mesme, que
l'estude apres le repas trouble la digestion, &
les fonctions de la vegetatiue, pource que nous
n'auons qu'vne ame de qui la vertu est limitée.
C'est pour cela que dans la frenesie, la resuerie, & l'yuresse, elle ne fait point de iugemens
certains, parce que les fumées du sang brûlé
excitent & meslent tant d'Images qu'auparauant qu'vne ayt esté bien examinée, trente autres se presentent à la fois. Troublez les yeux
du meilleur Philosophe, fust-il le plus sain de
tous les hommes d'vn million d'objets, sans
aucun relasche, & sans luy donner le temps
de s'arrester à pas vn, il n'y pourra faire de reflexion qui ne soit confuse, parce que sa maniere d'agir & de connoistre estant limitée, il
faut necessairement qu'elle s'affoiblisse en se
partageant.

Cette verité bien comprise & bien appliquée peut satisfaire à tous les doutes qui naissent dans les foibles esprits. L'Ame est vne, &
elle est finie, elle agit selon les occasions, tantost comme sa propre forme ou perfection,
tantost comme forme du corps, & quand elle
se donne entierement à vne chose, elle ne
peut pas faire les autres. Car cela seroit con-
tradictoire.

Il y a de grands hommes qui ont refpondu article par article comme on dit, à tout ce que les Lucreces & les Pomponaces ont oppofé à l'Immortalité de l'Ame; Il feroit inutile de rien entreprendre après eux : car qui peut mieux chanter que les Roffignols & les Cygnes ? Outre, qu'ayant toufjours eftudié autant que i'ay pû, la façon d'agir de la Nature dont les œuures partent d'vne intelligence qui ne peut errer; l'ay penfé que fi la définition de l'Ame eft vne fois bien entendüe auec le principe que nous auons pofé qu'elle eft vne, & qu'elle eft finie; on peut aifément fe défaire des fcrupules qui peuuent naiftre fur ce fujet : veu principalement qu'aporter vne difficulté, n'eft pas foudre vne queftion, & que le Soleil ne laiffe pas d'eftre beaucoup de fois plus grand que la terre, quoy qu'il foit fort difficile de le demonftrer au vulgaire. L'ame humaine tenant le milieu entre les efprits, & les corps, comme ie l'ay monftré ailleurs, fait vn ordre à part dans la nature, & partant des autres chofes à elle on n'en peut rien inferer.

L'Ame humaine fait de fi beaux efforts en fa plus haute partie, & l'on eft fi bien conuaincu qu'elle s'efleué au deffus de la matiere, & corrige l'erreur des fens; qu'on auroit tort de renoncer

renoncer à son Immortalité qui est apres cela, vne verité connuë, parce qu'on est en peine de se resoudre sur quelque point. Ce qu'on ne sçait pas, ne doit point destruire ce que l'on sçait. Ignorer tout est d'vne beste, & non pas d'vn homme ; Sçauoir tout, n'est pas de l'homme, mais de Dieu. Ie le diray encore vne fois : L'Ame humaine fait de si beaux efforts, que plusieurs Philosophes ont creû que ce qu'Aristote appelle en nous, Intellect Agent, étoit Dieu mesme, tant cette faculté, par qui le discernement se fait des choses Eternelles, & des corruptibles, des substances separées, & de celles qui ne le sont pas, leur à paru releuée.

Cette imagination leur est venuë de ce qu'ils ne pouuoient comprendre, qu'vne mesme Ame peût auoir de si basses & de si hautes manieres d'agir : ne se souuenans pas de ce qu'eux mesmes ont reconnu que l'homme estoit le nœud du haut & du bas monde. L'Orison des choses mortelles & diuines.

Cette responses n'est pas de la vulgaire Philosophie, qui pense sasisfaire à tout, en disant, que l'Ame agit bien ou mal, selon la disposition des organes ; & qu'vn vieillard verroit, comme fait vn ieune homme, s'il auoit les mesmes yeux. Cela ne fait rien pour l'Immor-

T

talité de l'Ame, ou fait pour toutes les autres.
Gueriffez la fluxion qu'vn chien à fur la veuë,
il verra comme auparauant. Et puis fi les facultez vegetantes & fenfitiues font organiques, l'entendement ne l'eft pas. Ainfi quand
il agit mal, ce n'eft pas que fon organe foit
gafté, puis qu'il n'en a point : C'eft pour ce
que l'Ame intellectuelle agit de toute fa force, pour repouffer le mal, qui menaffe de ruine le compofé : En vn mot pource qu'elle agit
alors, comme eftant forme de l'Animal. En
d'autres rencontres elle agit comme eftant
elle mefme ce qu'elle eft.

Il pourroit eftre encore que cette vertu
d'entendre qui eft en l'homme, entend tousjours, quoy que cela ne foit pas tousjours
connu; parce qu'en cette maniere elle n'agit
point comme forme du corps, & ne laiffe aucun veftige de fes penfées, agiffant ainfi comme vne fubftance feparée. Ce qui a bien du
rapport à ce qu'enfeigne Ariftote au troifief-
me liure de l'Ame : Il ne faut pas s'eftonner,
fi l'homme qui eft le compofé n'en aperçoit
rien : car ces hautes fpeculations ne font pas
du tout, elles font de la partie fuperieure. Ainfi
quelquefois on parle à vn homme, & on le
pouffe fans qu'il s'en apperçoiue, parce que
fon efprit fortement appliqué ailleurs n'ap-

porte point d'attention à ce qui se passe au dehors. L'imagination est en perpetuelle agitation par la confession des Epicuriens mesmes
quoy qu'on ne s'en apperçoiue pas tousjours:
nous ne nous apperceuons pas de la circula-
tion du sang ny du changement des esprits,
de la vie en ceux de l'ame. Selon cette doctrine vn contemplatif pourroit respondre, qu'a-
lors que l'imagination est corrompuë, l'esprit
ne laisse pas d'agir incessamment, quoy que
le phrenetique ny prenne pas garde.

L'Ame humaine à la vie en elle-mesme, spirituelle de sa nature, elle à pourtant la vertu
de s'vnir à la matiere & de la viuifier. On la
peut donc considerer en deux façons, ou bien
en soy comme vne substance spirituelle & intelligente, ou par relation à ce qu'elle anime.
Les Platoniciens le diroient sans doute plus
hautement. La vie de l'ame est de contempler les veritez eternelles ; & de cette grande lumiere, sort vne foible lueur qu'on appelle le sentiment : ce qui fait que l'homme
est le lien vnissant des estres inferieurs & des
suprémes:l'ame ne sera donc pas extraite de la
matiere,mais elle y viendra de dehors. C'est ce
qu'à dit Aristote : non pas suiuant Pytagore,
qui introduit la Metempsicose, ny suiuant Platon, qui dit, que l'Ame a esté deuant le corps.

La premiere opinion à passé dans l'esprit du Maistre du grand Alexandre, pour vne fable; Et la seconde ne luy à pas semblé soustenable. Comment donc ? Aristote a esté iusques où l'esprit de l'homme pouuoit aller. Il pose ce qu'il sçait. L'entendement qu'il nomme vne autre espece d'Ame, est perpetüel & incorruptible, par consequent il vient d'ailleurs que de la matiere. La maniere, il ne la sçait point, il ne la dit pas. Il falloit laisser à la Religion ce mystere, qui regarde la creation de l'Ame, & son infusion dans les corps. Il est vray que plusieurs disent, que ce n'est pas proprement creation, parce que l'Ame est introduite en la matiere, apres des disposi-tions precedentes, & l'on n'appelle créer, que quand vne chose qui fait vn tout physique, est absolument tirée du neant.

Pour moy apres auoir examiné sans passion les diuers passages d'Aristote, qu'on oppose les vns aux autres, à quoy ie pense qu'on peut respondre par la distinction apportée de l'A-me humaine, comme acte du corps, & comme acte d'elle-mesme. Ie trouue qu'il y a des lieux où le Philosophe dit positiuement, que l'Ame de l'homme est Immortelle, & qu'il n'y en a point où il ait dit positiuement qu'elle ne l'est pas. Outre ce qu'il asseure, que l'en-

tendement n'eſt point meſlé à la matiere, &
qu'il eſt impaſſible : Il dit qu'il ſubſiſte ſeparé du corps, comme ce qui eſt eternel eſt ſeparable du corruptible. Et quand il rend raiſon pourquoy l'Ame ſe connoiſt elle-meſme,
ce que ne font pas tant d'autres choſes: C'eſt,
adjouſte-t il, qu'en ce qui n'a point de matiere
ce qui connoiſt & ce qui eſt connu ne differe
point. N'eſt-ce pas bien prouuer la ſpiritualité de l'Ame, n'eſt-ce pas bien faire voir que
ce qui ſe reflechit ſur ſoy-meſme ne peut eſtre
materiel ? & par conſequent incorruptible,
ſelon les principes de ce Philoſophe. Les ſens
ſouffent par l'excez, où la vehemence de leurs
objets, c'eſt vne autre de ſes Remarques. Il
n'en n'eſt pas ainſi de l'Eſprit. Les choſes extremement ſenſibles corrompent ceux-là; les
choſes extremement intelligibles , rendent
plus parfait celuy-cy. Vne exceſſiue lumiere
ébloüit les yeux, & pour l'auoir trop fixement
regardée on pourroit perdre la veuë , on ne
verroit plus rien pour auoir trop veu : Mais
apres auoir connu les plus hautes & les plus
ſublimes veritez , on n'eſt que plus capable
des autres. Il n'en n'eſt pas ainſi de la fantaiſie,
ce qui la meut auec vehemence la trouble &
la rend confuſe. Vne rauiſſante beauté & vne
épouuantable laideur la ſaiſiſſent ſi fort, qu'el-

Liure de l'Ame c.7 & chap. 8.

T iij

le ne peut plus fe reprefenter d'autres chofes,
ou ne fe les peut plus reprefenter, qu'impar-
faitement. Pourquoy? parce que le temperament des organes eſt détruit par vne impreſ-
fion trop violente: ce qui arriueroit à l'entendement, s'il eſtoit meſlé à la matiere. Ce
n'eſt pas-là ſeulement vne authorité, c'eſt vne
raiſon conuainquante. Car ce qui peut agir
*Liu. 2. de* ſans le corps, peut ſubſiſter ſans le corps: c'eſt
*la gener.* pourquoy Ariſtote conclud ailleurs que l'eſ-
*des ani.* prit ou l'entendement vient de dehors, parce
*Chap.1.* que le corps ne contribuë rien à ſon action.
Au liure premier des parties des animaux, il
demande s'il appartient au Phyſicien de traiter de toutes les eſpeces d'Ames: Il l'accorde
de la vegetante & de la ſenſitiue, & le nie de
l'Ame intellectuelle qu'il appelle Dianée, laquelle ne ſe trouue point dans les Animaux.
Elle n'eſt point dans l'ordre de la nature, elle
eſt au deſſus, & ne peut eſtre l'objet de la
ſcience naturelle. Il n'appartient qu'à la Metaphyſique d'en traiter.

Entre les autres abſurditez que trouue Ariſtote en l'opinion de Xenocrate, qui definiſ-
ſoit l'Ame vn nombre ſe mouuant ſoy-meſme,
c'eſt qu'elle ne pourroit pas ſubſiſter ſeparée
*Liu. 1. de* du corps. Il fait le meſme reproche à Timée
*l'Ame.* d'auoir dit, que c'eſtoit vn cercle, parce qu'elle

ne se pourroit iamais separer, ce qui choque,
dit-il, la croyance de tout le monde.

Que si nous auions les dialogues de l'Ame, *Plutarque*
qu'Aristote composa apres la mort de son *en la vie*
*de Dion.*
amy Eudemus, & ses Questions sur le mesme
sujet dont parlent Plutarque & Diogene, sans *Diog. en*
doute que les curieux y trouueroient ce qu'ils *la vie de*
cherchent. Dans la Metaphysique, il en dit ce *Arist.*
mot en passant. Nulle forme ne precede la *Liure 12.*
matiere, & ne subsiste apres elle ; excepté le
seul entendement : de dire que de crainte des
loix il n'a osé prononcer que l'Ame de l'homme fut mortelle ; ce n'est pas sçauoir ce que
les sectateurs de Democrite dogmatisoient
publiquement auec les Cyrenaïques, qui n'en
furent iamais recherchez : C'est ignorer la
raillerie, que sur la fin de sa Metaphysique
Aristote a fait des Dieux du peuple.

C'est ie croy, plus qu'il n'en faut de ce Philosophe, dont aussi bien l'opinion ne fait pas
la verité des choses. Le sage sans prester ser-
ment à pas vne secte doit oüir parler la nature, laquelle est tousjours plus sage que ses Interpretes.

Il ne faut pas fermer les yeux aux lumieres
qu'elle nous donne, parce qu'elles sont suiuies
de quelques tenebres ; ny quitter ce qui est

certain, parce qu'il s'y mesle quelque incerti-
tude. Ce seroit tomber dans l'erreur de ceux
qui nierent le mouuement, parce qu'ils ne pouuoient se démesler des sophismes de Zenon:
ce seroit choquer toute la prudence des Iuris-
consultes; *à certis propter incerta non est disce-*
*dendum.*

En la recherche de l'Ame, comme en toute autre, il faut distinguer les choses certaines des incertaines, & ne pas douter de tout,
parce qu'il y a quelque point dont on peut
douter.

---

## CHAPITRE XIII.

*Que la Iustice de Dieu prouue l'Immortalité*
*de l'Ame.*

### EXPLICATION D'VN
*passage difficile de Salomon,*

TOutes les preuues Morales qui peuuent
estre connuës par l'experience que chacun a de soy-mesme & des autres, vont à la
persuasion de l'Immortalité de l'Ame. La So-
cieté humaine ne peut subsister sans Religion,
sans

fans Iuftice & fans Loix ; & les Loix, la Iuftice,
& la Religion font fondées fur cette croyance. C'eft arracher le Soleil du milieu du Ciel,
que d'arracher vn fi beau fentiment du cœur
des peuples. C'eft le lien qui les lie les vnes
aux autres , les reünit fouz l'obeïffance des
Princes & des Magiftrats, & tous enfemble,
fouz l'Empire de celuy dont les Souuerains
font les Images. C'eft le grand & le perpetuel
motif de toutes les vertus fecrettes ; c'eft à
prendre les chofes dans leur fource , l'Eternelle caufe des actions veritablement heroïques. Vn efprit qui fe croit capable d'égaler
l'infinité de tous les fiecles, vne Ame nourrie
des defirs & de la penfée de l'Eternité , ne
peut rien conceuoir que de grand & magnanime.

Celle qui eft noyée dans la chair & dans le
fang, facrifie toutes fes paffions infenfées. Elle
n'efcoute, ny la voix de Dieu, ny de la Nature ; & ne fait aucun fcrupule de mettre le fer
& le feu pat tout , par vn furieux emporte-
ment, de ne pas fouffrir que rien fubfifte apres
elle. On diroit quelques-fois mefme qu'elle
veut s'enfeuelir dans les ruines de l'Vniuers,
pourueu qu'elle en foit la caufe. On ne void
que trop de ces furies publiquement déchai-
nés, qui fe repaiffent du fang & des larmes des
V

Nations, Si tout le monde fuiuoit leur exemple, tout le monde s'arracheroit le cœur &
les entrailles, & l'homme feroit à l'homme,
la plus cruelle, & la plus furieufe de toutes
les beftes.

La fource de tant d'actes efpouuantables, eft
l'horrible croyance, que rien ne furuit apres
la mort. Les conclufions de ce faux principe
font, Qu'il n'y a point de prouidence ; que
nulle volupté de foy n'eft mauuaife, parce
qu'il n'y a rien de iufte ny d'iniufte naturellement : qu'il faut fuiure en tout fon caprice,
pourueu qu'on le puiffe faire auec feureté,
& que l'on rencontre ainfi le fouuerain bien
de la nature.

Ie ne fçay pas, fi lors que Senecque a fait
en tant de lieux le Panegyrique d'Epicure, il
s'eft bien fouuenu que tel eftoit l'enchaine-
ment de fes maximes, tant ce bon Philofophe
eftoit Moral.

Par la raifon des contraires : Si l'ignorance de l'Immortalité de l'Ame eft l'origine de
tous les maux ; Il faut que fa connoiffance
foit la caufe de tous les biens : Elle eft infeparable de la Religion, fans qui les hommes
ne font plus hommes : c'eft à dire, raifonna-
bles, puis qu'ils ne reconnoiffent plus leur
Autheur.

On ne peut conceuoir Dieu , comme on
doit , qu'on ne le conçoiue souuerainement
parfait, & on ne luy peut attribuer la souue-
raine Perfection, & luy dénier la Iustice. Où
seroit son employ en ce monde : Si, comme
remarque le Sage ; l'iniquité est souuent as-
sise sur le Tribunal mesme qui la deuoit con-
damner.

Cette Sagesse qui a mis vn si bel ordre
dans toutes les parties du monde ; & qui es-
clatte aux yeux raisonnables, iusqu'à la composition d'vne mouche & d'vn ciron, ne souf-
frira pas vn desordre perpetuel en son principal ouurage. L'Innocence & la Iustice , la
Prudence & la Pieté, reprendront en fin leur
place, & dominerons à leur tour. C'estoit la
pensée des Platoniques.

A cela quelques-vns respondent, que les
vitieux sont assez punis par leur propre vice,
& les bons assez recompensez par leur bonté
mesme, sans qu'il faille rien esperer, ou rien
craindre en l'autre vie. Ces raffinez méchans
qui se seruent du bien pour mal faire, & des
propres auantages de la vertu pour la destruire , ne se veulent pas souuenir de la definition qu'ils donnent de l'intemperance, laquelle ne connoist, ny remords, ny repentir, qui
n'a point de plus grande ioye que de mal faire,

& qui fait fa gloire de fon infamie. Combien de vitieux content entre leurs bonnes fortunes les crimes que la nature defaduoüe, & contre qui les Loix font armées. Non, non la vertu n'eft pas le fouùerain bien, mais vn moyen pour y arriuer.

Celle qu'on nomme purgatiue n'eft qu'vn degré de la contemplatiue, & enfemble elles donnent à l'ame des aifles neceffaires pour voler au delà du Ciel, à ce qui eft bon & beau par foy-mefme. C'eft ce que ceux du Lycée pouuoient apprendre de l'Academie.

Ils ne fe font pas aduifez, que la Science & la Vertu eftant l'ouurage de l'homme, & par confequent des biens créez; c'eftoit vne efpece d'idolatrie d'y rapporter toutes fes penfées, & tous fes defirs; quoy qu'elle foit plus fpirituelle, & plus delicate que celle des peuples qui adoroient le Marbre & la Pierre; que c'eftoit mettre la creature à la place du Createur, & fe deïfier de fon authorité particuliere. En quoy les Stoïques ont efté repris de tout ce qu'il y a de fages & de modeftes Philofophes.

Ie diray ce qui femblera bien eftrange. Pomponace, qui eftoit de l'opinion que nous venons de combattre, en eft venu iufques-là, que de vouloir abolir les Loix, aneantir la

Iuftice & confondre toutes chofes. Il dit, que
le Pere de famille, le Magiftrat, & le Prince
ne doiuent point exercer leur puiſſance à
venger les injures faites à leur maiſon, à leur
cité, & à leur Eſtat : parce que le plus ſcele-
rat n'eſt iamais puny d'auantage, qu'alors qu'il
demeure impuny : Par cette maxime ; que le
vice eſt le plus grand mal de l'homme, & la
vertu ſon plus grand bien.

C'eſt ſe ſeruir de la pieté pour eſtre impie,
de dire que la Iuſtice du Ciel eſclatte aſſez en
cette vie, en la punition des méchans, & la
recompenſe des bons, puis que celuy qui peche contre les Loix de la vertu, peche contre
les Loix de la raiſon, & ſe détruit ainſi luy-
meſme.

Si Pomponace reconnoiſt la prouidence, il
doit reconnoiſtre auſſi que le prix & la peine
du vice & de la vertu doiuent eſtre diſpenſez
dans le monde, par celuy qui eſt le gou-
uerneur, ou bien il n'eſt pas iuſte, ny ſage,
non plus que les Rois faineants, dont l'Eſtat
ne laiſſe quelquefois de ſubſiſter, encore
qu'ils ne s'en mélent pas. Les grandes actions
faites pour la gloire de Dieu, doiuent eſtre
conſeruées de la main de Dieu meſme, autrement il en ſeroit comme de ces ingrattes
puiſſances, qui ne donnent iamais rien aux

V iij

fçauans & aux vertueux que des loüanges fte-
riles & vaines.

La ioye qui fuit la vertu n'eft pas vne gra-
tification du Prince ; Il ne laiffe pas d'eftre
iniufte, s'il ne la receuoit de fa part. La gloire
qui en eft infeparable, malgré la corruption
du fiecle, n'abfout pas d'iniuftice le gouuer-
nement de ceux qui ne la confiderent point:
& puis elle à fes difficultez & fes peines. L'homme eft effentiellement compofé de corps &
d'Ame, & quand la partie inferieure fouffre
de la conftance & de la generofité de la fuprefme, il eft ridicule de croire que l'homme
entier puiffe eftre heureux.

D'ailleurs les méchans fortunez triomphent
& ne s'affligent pas des crimes heureux qu'ils
commettent; où eft donc cette punition, &
cette vengeance du Ciel fur eux ? combien
a t'on veu de ces ambitieux frenetiques, lef-
quels n'eftoient bons qu'à lier, fe glorifier
dans les guerres iniuftes de la defolation des
Empires, & de la ruine des Nations? combien
à la honte des Lettres a-t'on veu d'Ames ve-
nales employer à la loüange de la tyrannie,
les talents qu'ils auoient receus du Ciel pour
la decrier ?

Le plus fage des Rois fit autrefois ces reflexions importantes, & nous renuoye de mef-

me que le Roy son pere au iugement de Dieu
apres la mort : Ce qu'ils appellent entrer dans
le Sanctuaire pour y descouurir la prouidence.
*Le Seigneur*, dit Salomon, *iugëra le iuste & l'im-*
*pie, & ce sera-là le temps, où il reglera toutes*
*choses. Garde toy donc bien de dire deuant l'Ange*
*de Dieu qu'il n'y a point de prouidence, de peur*
*qu'il ne dißipe les ouurages de tes mains. L'im-*
*pieté ne sauuera pas l'impie.* Vn homme quelquefois domine sur les autres hommes , & sa
domination est à sa perte : Mais parce que
l'Arrest de mort n'est pas prononcé contre les
méchans aussi tost qu'ils pechent ; La mes-
chanceté n'est point retenuë par la crainte :
& toutesfois de ce que le pecheur à fait cent
maux , & a esté souffert auec patience. I'ay
connu qu'elle est la felicité de ceux qui crai-
gnent Dieu. De là peut-estre est venuë cette
sentence si fameuse , Que les dieux ont des
pieds de laine : & qu'ils ont des bras de fer.
*Crain Dieu*, auoit-il dit auparauant, *& ne t'é-*
*tonne pas de voir la violence à la place de la Iu-*
*stice* ; Car si il n'y a point de grands, qui n'en
reconnoissent encore de plus grands qu'eux,
sur les vns & les autres , il est vn Monarque
qui commande à toute la terre. Le but de
ce liure miraculeux , qui est mille fois plus
instructif pour la vie Moralle & ciuile , que

tous les volumes de Senecque; est d'aprenprendre à l'homme qu'elle est sa felicité en cette vie, & la sorte qu'il en doit vser. Il veut que sans se mettre en peine de tant de choses qui scandalisent les esprits foibles, & vouloir trop approfondir les mysteres de la Religion & de l'Estat, on ioüisse tellement des iours heureux que l'on preuoye les autres, & qu'on s'y prepare. Le grand secret de la vie est de se réjoüir, mais comment? du fruict de ses iustes trauaux, prendre les honnestes plaisirs, & reconnoistre que c'est nostre part sur la terre; mais sur tout que c'est là le don de Dieu. Quand vn homme seroit asseuré de viure vn siecle, & de le passer en delices; il doit penser qu'à cóparaison de l'Eternité, ce ne peut estre qu'vn moment; & que le dernier iour de sa vie condamnera tous les autres de vanité. Réjoüy toy ieune homme dans la force & la beauté de tes ans, marche dans les voyes de ton cœur, & fay tout ce qui plaist à tes yeux; mais sçache que pour toutes ces choses Dieu te doit appeller en iugement. C'est pour cette raison qu'il conclud; *Souuien-toy de ton Createur auant que la cruche se casse sur le bord de la fontaine, auant que la chaisne d'argent soit rompuë, auant que le corps retourne en poudre, & l'esprit à Dieu qui l'a donné.*

I'ay

I'ay rapporté tous ces paſſages pour conuaincre ceux qui dogmatiſent, que Salomon
à douté de l'Immortalité de l'Ame. Ils détachent du troiſiéme chapitre de l'Eccleſiaſte
ces paroles ; *Qui ſçait ſi l'eſprit de l'homme va
en haut, & l'eſprit de la beſte va en bas?* comme qui détacheroit du Pſalme 13. ces termes,
*il n'y a point de Dieu*, ſans parler que c'eſt
l'inſenſé qui les à dites, & les à en ſon cœur :
de peur ſans doute d'eſtre condamné par la
voix de toute la nature s'il auoit l'impudence
de les proferer hautement. Auparauant que
de faire cette demande, Salomon nous auoit
apris la reſponſe : & reſolu la queſtion par la
prouidence de Dieu. Entre les autres deſordres de la terre, il auoit remarqué l'injuſti-
ce & l'impieté triomphante, & auoit dit en
ſon cœur ; *Le Seigneur iugera le iuſte & l'impie, & lors ce ſera le temps de toutes choſes.* Il
auoit prouué par tout le chapitre que chaque
choſe à ſon temps ; il conclud que la Iuſtice
de Dieu aura le ſien. Immediatement apres il
adjouſte. *I'ay dit en moy-meſme ſur le propos que
tiennent les enfans des hommes. Dieu les vueille
bien illuminer, car ils ſe font beſtes eux-meſmes,
par ce raiſonnement qu'ils font.* Ce n'eſt donc pas
Salomon qui parle, ce ſont les enfans des
hommes ; c'eſt à dire le vulgaire, les idolatres

*gnal
diurath
breci
Adam
libaram
Elohim.*

X

& les infenfez : c'eft à dire, les incredules à
qui Dauid à tant de fois reproché la dureté
de leur cœur. Ils ne voyent pas tant ils ont peu
de fens, que les chofes ne different pas en cela
mefme qu'elles conuiennent : & qu'il ne faut
pas s'étonner, fi l'homme eftant animal, vit
& meurt ainfi que les animaux ; c'eft du contraire qu'on auroit fujet de s'eftonner. Le feu
& l'eau font oppofez : mais ils ne le font pas
en ce que le feu & l'eau font des fubftances,
en ce qu'ils font des corps, & en ce qu'ils
font des Elemens. Il faut regarder en quoy
ils different pour en bien iuger. Il en eft ainfi
de l'homme : il faut le diftinguer des brutes
par la raifon & l'intelligence, afin qu'on ne
luy faffe pas ce iufte reproche, qu'ayant efté
creé auec tant d'auantage & de gloire. Il n'a
pû garder fa principauté, & s'eft rendu pareil
aux beftes. Tels font ceux qui ne fuiuent que
leurs appetits fenfuels. Les plantes fe nourriffent, produifent leurs femblables ; les plantes viuent & meurent ainfi que font les animaux : donc les plantes font de mefme efpece
qu'eux, & leur definition eft la mefme. Quelle Logique ! voyons ce que nous auons de
commun auec les beftes ; voyons ce que nous
auons de propre. Il ne faut pas confondre tout
ce qui fe rencontre enfemble : La raifon & les

fens font vnis en l'homme ; mais la raifon &
le fens ne font pas la mefme chofe. La matiere
& l'intelligence s'y trouuent ; mais l'intelligence n'eft pas la matiere. Ce qui eft immortel fe doit feparer du coruptible : autrement
le corps ne retourneroit pas à la pouffiere, ny
l'efprit à fon Createur.

C'eft la conclufion de l'Ecclefiafte, & la feule
ignorance de la langue fainĉte, à fait la difficulté. L'original porte , *Qui eft-ce qui connoift* *Ipfa eft*
*l'Ame de l'homme? C'eft celle qui monte en haut.* *afcendens*
*L'ame de la befte ? C'eft celle qui defcend en bas* *furfum.*
*fouz la terre.* C'eft à dire, au langage de Sa- *Ipfa eft*
*defcendens*
lomon, que l'vne eft Immortelle ;, & que l'au- *deorfum.*
tre ne l'eft pas : dequoy peu de perfonnes s'ap-
perçoiuent , de là vient qu'elles abufent de
leur raifon pour fe rendre déraifonnable.

Il n'eft pas neceffaire d'éclaircir ce point
dauantage, non plus que de rendre beaucoup
de graces à ces feĉtateurs d'Epicure , qui fe
vantent que par leur Philofophie, ils ont fait
éuanoüir les ombres des Enfers poëtiques
auec leur Aleĉton & leur Tifiphone. Car y
a-t'il iamais eu aucun homme de bon fens,
lequel ait adjoufté foy à toutes ces fables, &
eu befoin en mourant qu'on le fortifiaft contre les furies & contre Cerbere? Certes cela
ne fut iamais ; mais il a toufjours efté verita-

X ij

ble, & il le fera tousjours, que Dieu eft la Iuftice, comme il eft la fageffe mefme.

Le Sage ne fait rien fans deffein, Dieu a
tout fait pour fa gloire; parce qu'il n'y a rien
de meilleur : Mais, où feroit la gloire de fa
prouidence en cette vie? où fouuent la couronne eft le prix du vice, & la croix, le fupplice de la vertu ? Il la faut donc attendre en
l'autre. Cette attente eft l'efperance du Iufte:
elle ne peut eftre confonduë. C'eft le baume
falutaire qui doit guerir toutes les playes fecrettes du cœur. Cette efperance pleine d'Immortalité, ainfi qne difoit vn Oracle, eft le
caractere des Efleus du Ciel. Et partant fans
nous amufer à tant de vœux miferables, in-
dignes de la gloire d'vne Ame éleuée, fi nous
auons quelque chofe à demander icy bas.

## I.

*Demandons vne Ame vaillante,*
*Qui ne foit lâche ny tremblante*
*Dans les approches de la mort:*
*Et qui loin de fremir pres de la fepulture*
*Compte entre les prefens que luy fait la nature*
*Le iour qui l'affranchit des caprices du fort.*

## I I.

*Que la vertu foit fon falaire,*
*Que fans defir & fans cholere*
qui fans crainte et fans Efperance
par fa belle perfeuerance

*Elle soit tousjours toute à soy :*
*Et prefere aux plaisirs du mol Sardanapale,*
*Alcide & ses labeurs dont la gloire est égale*
*A l'opprobre eternel de cét infame Roy.*

### III.

*Que la prudence soit sa guide ;*
*En quelque part qu'elle preside*
*Elle ameine les autres Dieux :*
*Et ce monstre conceu par vne erreur commune,*
*Ce phantosme sans corps, qu'on appelle fortune,*
*Disparoit comme vne ombre à l'éclat de ses yeux.*

---

### CHAPITRE XIIII.

*Que Dieu seul est de luy-mesme, & que l'Ame*
*n'a point d'autre Autheur.*

CE qui à long-temps empesché de connoistre la nature de l'Ame, c'est qu'on a ignoré son origine, parce qu'on n'a pas connu la Toute-puissance de Dieu.

Cette maxime des Physiciens qui passe pour indubitable, que de rien on ne fait pas quelque chose, à donné lieu de croire à quelques-vns que l'Ame estoit tirée du sein de la matiere, & mortelle par consequent : ou bien

X iij

qu'elle estoit d'elle-mesme, & par consequent
Eternelle.

Quand Aristote dit, que l'Ame n'a pas
precedé le corps organique, & qu'elle vient
de dehors, il insinuë assez qu'elle n'est pas extraite de la matiere, & que ce n'est point par
voye de generation qu'elle est produite. C'est
beaucoup pour vn homme qui n'auoit point
d'autre lumiere que celle de la raison : & cela
suffit pour nous conuaincre, que selon le sentiment de ce Philosophe, l'Ame n'est ny eternelle, ny d'elle mesme.

Certes, si elle estoit d'elle-mesme, elle seroit eternelle : car il n'y a point de raison pourquoy elle auroit plustost commencé d'estre
en vn temps qu'en l'autre. Cela n'estant pas,
il faut aduoüer qu'elle à vn Autheur de son
estre, & parce que le progrez à l'infiny est
impossible dans les causes subordonnées,
il est euident, que nous deuons reconnoistre
vn premier esprit, dont soit party celuy de
l'homme. Ce que Platon à si diuinement exprimé dans le Timée, qu'il semble auoir esté
saisi, de cette fureur de Religion, dont il a tant
parlé dans le Phedre.

C'est, ce qui m'oblige (apres auoir montré
dans les discours precedens, que l'Ame qui
ne dépend pas de la matiere en ses plus hau-

tes actions, n'en a point tiré son origine) d'é-
tendre vn peu la raison pourquoy elle n'est
pas d'elle mesme. Il importe à l'ame humaine
de connoistre le principe dont elle vient.

Dieu seul existe de soy, & n'a point de cause
de son estre, l'Ame n'est pas Dieu, elle n'é-
xiste donc pas d'elle mesme. La preuue? c'est
qu'elle est finie de nature & de puissance; &
que ce qui est de soy-mesme, est infiny. Comment cela? ce qui est de soy-mesme est independant; ce qui est independant est infiny:
parce que tout ce qui est finy est tel, par la dependance des parties qui le composent: soit
que ces parties soient Physiques, ou Metaphy-
siques. Or ce qui est de soy n'est pas l'estre,
comme estre; c'est vn estre independant: c'est
Dieu.

Tous ceux qui ont eu quelque sentiment
de Dieu, soit Grecs, soit Barbares, l'ont creû
souuerainement parfait, premier principe de
tout, absolu & independant: tel doit estre
(disent les Metaphysiciens) ce qui n'emprunte point son origine d'autruy, parce qu'il n'est
limité par qui que ce soit.

Il n'a point de cause efficiente qu'il y ait
donné quelque degré de perfection, & non
toute. Il n'y a pint de cause finale à qui il se
doiue rapporter. Chaque plante, & chaque

animal à vn corps & des organes proportionnez aux fonctions de sa nature. Et quoy que
dient les Idolatres du Soleil & des Etoiles.
Il n'y a point de raison pourquoy celles qu'on
nomme de la premiere grandeur par comparaison aux autres, ne soient encore plus grandes & en plus grand nombre ; ny pourquoy
celuy qu'on appelle le grand luminaire n'a
encore plus d'estenduë & d'actiuité. Pourquoy n'est-il point placé plus haut où plus
bas ? Pourquoy ne tourne-t'il pas autour de
l'equateur ? Ce mouuement seroit plus circulaire, que celuy qu'il fait par les signes du
Zodiaque ? Sinon qu'il n'est pas expedient au
bien general de l'Vniuers, à qui l'on void bien
qu'il se raporte, comme vne partie à son tout.
Sçait-on pourquoy la Terre & la Mer n'occupent pas encore vn plus grand espace ? Si
ce n'est que comme vn Palais, est plus ou
moins grand, selon le dessein de l'Architecte,
le monde entier à son Autheur.

Ce n'est donc pas par necessité de nature
que chaque chose cherchant son centre à deû
estre ainsi placée. Tel que soit maintenant
l'ordre du monde, il pouuoit estre autre qu'il
n'est pas. Pour n'en point douter, on n'a qu'à
voir les Sistemes differens de Ptolomée & de
Copernic, & encore d'autres modernes. Ils
sauuent

sauuent tous les apparences;& supposent tous
differens principes.Chacun se fait, pour ainsi
dire, vne nouuelle nature des choses, tant la
disposition en peut aisemét estre changée,tant
ce que l'on y croiroit immuable, l'est peu. Il
en est comme des machines, dont l'ingenieur
haste, retarde & arreste le mouuement ainsi
qu'il luy plaist.

Appliquez à l'Ame ce qui a esté dit des
Astres, & de leur scituation : puis qu'elle est
vnie au corps pour l'animer, pour s'instruire
auec le temps ; & profiter en la vertu de l'e-
xercice mesme que luy donnent ses passions,
il faut que l'Ame ait vne cause finale, laquelle
supose tousjours vne cause efficiente, comme les Philosophes l'enseignent. Ainsi, elle
n'est pas d'elle-mesme, ainsi elle est bornée,
elle est finie.

Ie n'ignore pas ce que l'on dit, qu'vne chose peut estre limitée en deux façons : ou pource que celuy qui l'a produite ne luy à pas
donné plus de perfections ; ou pource que sa
nature est telle, qu'elle ne peut pas en receuoir dauantage : comme il est de la nature de
l'homme d'estre animal raisonnable & rien
plus. Mais outre que cela ne fait rien à nostre
propos,puis que l'Ame humaine à ses causes,
ainsi que nous le venons d'insinuer, & qu'il

Y

ne s'agift pas tant icy de l'eſſence que de l'exiſtence des choſes: C'eſt, que ſi on examine at-
tentiuement d'où vient que la nature de chaque genre & de chaque eſpece eſt limitée, on
trouuera que c'eſt qu'elle eſt dependante: on
trouuera que ce qu'on apelle leur eſséce, n'eſt
rien du tout auparauant qu'elles exiſtent, où
eſt l'eſſence de Dieu meſme, ſelon qu'elle eſt
diuerſement communicable, & ſelon qu'elle
peut eſtre diuerſement repreſentée. Ainſi l'eſſence des ouurages diuers du Peintre & du
Sculpteur, n'eſt que la diuerſité de leurs idées.
L'eſſence des choſes auparauant qu'elles exiſtent, n'eſt donc pas diſtincte de la nature
diuine. Et quand elles exiſtent, elles ont vne
cauſe. Elles participent à la plenitude de l'é-
tre diuin autant qu'elles en peuuent eſtre capables, ſi elles le poſſedoient tout entier, elles ſeroient Dieu; elles ne ſeroient pas pro-
duites, puis que Dieu n'a point de cauſe. Elles le repreſentent, non pas à la façon que le
fils repreſente ſon pere, dans toute la perfection de l'eſtenduë de ſon eſtre; mais comme l'image du Soleil eſt capable de le repre-
ſenter, & le tableau d'Apelle, Apelle meſme.
   En effet, comme tout ce qui agit neceſſai-
rement produit tout ce qu'il peut produire,
& qu'vn feu infiny produiroit vne chaleur in-

finie: De mesme, ce qui existe de soy, & sans
aucune cause de son estre, enferme la fource de l'estre necessairement. Il possede toutes les perfections qui peuuent estre posse-
dées : pource, qu'il n'y a pas de raison pourquoy il possedast seulement les vnes, & non
pas les autres.

Dauantage. Tout ce qui est possible doit
estre contenu dans la vertu de quelque cause,
autrement il ne seroit pas possible ; & l'existence de cette cause doit estre absolument
necessaire, autrement elle seroit elle-mesme
du rang des choses possibles. Or, il n'y a rien
d'absolument necessaire, que ce qui n'a point
de cause de son existence, ce qui est tel, à
toutes les perfections sans aucun defaut, par
les raisons qne nous auons alleguées. En l'A-
me du Peintre les idées de l'eau, & du feu,
des rochers, des fleurs, des animaux, des hommes & des Anges, ne sont pas incompatibles ;
l'eau n'y coule point, le feu ny brusle pas, les
rochers n'y sont point durs & solides, les fleuues n'y passent point, & les animaux n'y meurent pas, & il les produit quand bon luy semble : Il en est de mesme de Dieu.

L'Ame donc n'existe pas d'elle mesme, puis
que toutes ses puissances sont limitées. Ce n'est
point vn estre de soy, puis que ce n'est point

Y ij

vn eſtre independant. Par là on monſtre encore que ſi Dieu n'exiſtoit point, Il ſeroit impoſſible qu'il exiſtaſt. Il y auroit vne manifeſte
contradiction qu'il pût eſtre.

Il faut dire cecy plus clairement. S'il n'eſt
pas impoſſible qu'il y ait vne premiere cauſe,
eternelle & independante, il faut qu'actuellement elle exiſte. Pourquoy? Il y a tant de
choſes poſſibles qui ne ſont pas, & qui ne ſe-
ront iamais. La raiſon n'eſt pas pareille. Car
il n'y a point de contradiction que ce qui eſt
poſſible, & qui n'eſt pas Dieu, ait vne cauſe de
ſon eſtre; Mais il eſt impoſſible que ce que
nous conceuons eternel, independant, & la
premiere cauſe de tout, qui eſt ce qu'on entend par le nom de Dieu, ait vne cauſe dont
depende: Il ſeroit Dieu, & ne ſeroit pas Dieu;
ce qui repugne au premier principe de connoiſſance, comme ſçauent les Philoſophes.

De dire auſſi qu'il eſt impoſſible qu'il y ait
vn premier principe de toutes choſes; l'en-
chainement des cauſes naturelles qui ſe rapportent toutes les vnes aux autres pour la
beauté & la conſeruation du monde, prouue
manifeſtement le contraire, & fait bien voir
qu'elles partent toutes d'vn ſeul principe,
comme les nombres ſe reduiſent tous à l'vnité. Ou bien, ce qui reuient au meſme ſens:

Si quelque chofe exifte de foy ; fi l'exiftence
eft l'effence de quelque chofe ; puis que l'e-
xiftence eft des chofes fingulieres ; il faut que
cette chofe foit vnique. Car qui ne fçait que
l'effence d'vne chofe particuliere eft incom-
municable à vne autre ? Platon ne peut pas
eftre Socrate, il feroit, & ne feroit pas Platon.
Outre ce qui a l'exiftence de foy-mefme,
rien ne peut exifter, fi ce n'eft par fon moyen :
comme fi la lumiere eftoit l'effence du Soleil,
pas vn corps ne feroit lumineux que par la
participation de ce bel aftre. On le peut encore exprimer ainfi. L'exiftence d'vne chofe
n'eft que fon effence, entant qu'elle exifte.
L'exiftence fuppofe donc tous les Attributs
effentiels ; & pattant les chofes dont l'exiftence eft l'effence, ou dont la nature eft d'exifter d'elles mefmes, ne peuuent differer effentiellement les vnes des autres. C'eft à dire,
qu'elles ne peuuent eftre de diuerfes efpeces
ny de diuers genres.

Si elles ne different point effentiellement,
elles ne font toutes qu'vne feule ; & mefme
chofe. Si la nature du feu eftoit d'exifter de
de foy-mefme, fi la nature de l'eau eftoit
d'elle-mefme ; le feu & l'eau ne feroient qu'vn.
Les Elemens peuuent-ils differer par cela
mefme en quoy ils conuiennent ? ils conuien-

nent eſſentiellement, puis qu'exiſter d'eux-
meſmes eſt égallement leur nature.

Ce qui m'a fait dire dans le Theoclée, ou
le liure des Principes du Monde: que ſi tous
les Atomes ſont d'eux-meſmes, on ne peut
rendre aucune raiſon de la diuerſité de leur
angles. Pourquoy l'vn ſeroit-il d'vne figure
plus parfaite que l'autre?

Il faut rendre cecy plus ſenſible. Si les choſes eſtoient d'elles-meſmes, elles ſeroient independantes les vnes des autres, & parce que
la maniere d'agir ſuit celle de l'Eſtre, elles agiroient independamment: Ce qui n'eſt pas.
Les parties de chaque compoſé ſont pour le
Tout; & ce qui fait vn tout en ſoy, comme
ſeroit vn Ciel, vn Aſtre, vn Element, ſe rapporte, comme partie au bien general de l'V-
niuers. L'eau eſt ſouſtenuë de la terre, la terre
eſt ſterile ſans l'eau: L'air purifie la terre, ſés
vents la rendent feconde, & tous enſemble
ſont eſclairez par le Soleil. Faut-il pas bien
auoüer que

*De ce grand Vniuers les contraires parties*
*Sont d'vne ſage main iuſtement aſſorties,*
*Autrement tant de corps par le vuide élancez*
*Dans vn ordre ſi beau ne ſeroient point placez.*
*L'Eſprit qui ſceut dompter leur nature rebelle,*
*Rendit des Elemens l'alliance eternelle:*

Chacun garde sa foy, pas vn ne la trahit,
Et l'Empire du monde à son Prince obéit.
Si le monde est de soy, le monde à mesme es-
    sence,
De pareilles vertus, & pareille influence;
Et la mesme Nature exerçant son pouuoir,
Tout se doit reposer, ou tout se doit mouuoir.
Ainsi l'on fait en vain vne sçauante Guerre
Pour sçauoir qui se meut du Ciel ou de la Terre,
L'apparence nous trompe, & c'est mal à propos
Que nous laissons le Ciel, ou la terre en repos.

    La Reyne de la nuit en sa beauté supresme
Deuroit au front du Ciel reluire d'elle-mesme,
Et ne souffriroit pas que son riche appareil
Empruntast son éclat des rayons du Soleil,
Sans suiure de ses pas la trace étincelante
De sa propre lumiere elle seroit brillante,
Et l'ombre de la terre à la honte des Cieux
N'esteindroit pas le feu qui brille dans ses yeux.
Sur les autres clartez emportant la victoire
Elle reposeroit sur son Thrône de gloire.
Quel maistre imperieux la fait errer tousjours,
Et par tant de chemins deuider tant de tours?
Precipite son char, & superbe se iouë
Du destin de son frere attaché sur sa rouë?

    Il ne reste plus qu'vne chymere à se for-
mer. C'est que le monde entier ne fait qu'vn

tout, lequel eft independant ; comme fi ce
qui eft tousjours immobile, & ce qui fe meut
tousjours, ce qui eft corruptible, & ce qui eft
incorruptible pouuoit eftre de mefme nature.
Comme fi le monde eftoit vn vray tout, ainfi
qu'vn homme, & non pas ainfi qu'vne maifon
ou vne àrmée.

Si les anciens Philofophes euffent aperceu
cette verité, que ce qui exifte de foy-mefme,
eft d'vne puiffance & d'vne perfection infinie ; ils auroient bien reconnu que le monde entier, compofé, comme il eft, de natures limitées ; & qui s'exiftent chacune feparément, fans qu'on puiffe dire qu'elles fe
foient faites, ou difpofées les vnes pour les
autres, deuoit n'eftre pas de luy-mefme.
Ils auroient bien iugé que l'Ame humaine
qui à des organes proportionnez à fes fonctions, & dont la vertu eft bornée ne peut
pas eftre independante, & qu'elle à vn principe dont elle part.

Platon dans le Timée à veu luire cette verité, quand il introduit Dieu mefme, qui laiffe aux Dieux Celeftes la fabrique du corps
humain, & leur donne le principe immortel,
qui eft l'Ame pour en faire la liaifon auec la
nature mortelle.

Par là il fignifie myfterieufement que l'Efprit

prit de l'homme part immediatement des mains diuines, & qu'il est affranchy par sa nature des loix de la destinée. C'est de la sorte que Platon nomme en plusieurs endroits la fatalité attachée au cours des Estoiles, à qui les choses inferieures sont assujetties.

## CHAPITRE XV.

### De l'Etat de l'Ame apres la mort.

ON a peû voir dans les precedents discours par les vertus intellectuelles de l'Ame, & par ses vertus Morales, son Immaterialité & son independance des sens. De là il est aisé de conclure, qu'il n'est pas estrange, ny violent à vne chose, laquelle ne depend pas d'vne autre, de subsister quand elle en est separée. La maniere d'agir nous asseure de celle de l'estre : Si l'action ne depend pas de la matiere, son principe en depend encore moins : puis que la cause est tousjours plus noble que son effet.

L'Esprit de l'homme qui s'appelle, tantost entendement, & tantost volonté, selon les diuers objets, où il s'applique, est luy-mesme, ce qu'il est : car c'est vn autre genre d'Ame,

Z

(ainſi que diſoit Ariſtote) qui ſubſiſte de ſoy, qui veut & entend par ſoy meſme : quoy que dans ſon vnion auec le corps, les impreſſions des objets l'accompagnent & luy donnent occaſion & d'entendre & de vouloir. Cette vertu intellectuelle s'excite à leur preſence, ainſi qui luy plaiſt ; mais elle eſt ſi peu neceſſitée de les ſuiure, que pluſieurs fois il arriue qu'elle y renonce abſolument. Ce ne ſont point les cauſes de ſa connoiſſance : les objets ny contribuent pas dauantage que le Marbre & le Porphire faiſoient au choix de Lyſipe ou de Polyclete, quand ils prenoient l'vn, & rebutoient l'autre. Leur art s'employoit ſur la matiere : mais la matiere n'eſtoit pas cauſe de leur art. Cette puiſſance intellectuelle entendroit touſjours, (car elle eſt touſjours capable d'entendre) ſi comme forme du corps, elle n'étoit ſouuent rapellée à ſoûtenir cette maſſe tombante, & à remüer cette machine de pluſieurs pieces.

Ce qui peut agir eſt tel en pluſieurs façons : comme par exemple la capacité de ſçauoir en l'homme ; car où vous le conſiderez auant l'habitude des ſciences & dans la nuë faculté de les acquerir ; ou apres qu'il s'eſt acquis ces habitudes, quoy qu'il n'en faſſe pas touſjours la fonction. Celuy qui n'a point apris les Ma-

thematiques les peut apprendre ; mais il ne
peut faire de bonnes demonſtrations qu'a-
pres les auoir appriſes : quand cela eſt, il les
peut faire ſans peine & tousjours, pourueu
qu'il ne ſoit point détourné ailleurs. L'entendement de l'homme eſt tel , que le ſçauant
Mathematicien. Et parce que la meſme Ame
ſent & contemple en nous ; cela l'empeſche
de contempler inceſſamment tandis qu'elle
eſt vnie à la matiere.

Pour certe raiſon les anciens diſoient que
c'eſt vne peine à l'eſprit d'eſtre attaché au
corps. Vn Platonicien le trouuoit ſi honteux,
qu'il ne voulut iamais conſentir que l'on fit,
ny ſon portraict, ny ſa ſtatuë.

A bien examiner les choſes ; on trouuera
que la nature & l'eſſence de noſtre penſée eſt
de penſer. On trouuera encore que la nature
du corps eſt d'auoir ſes dimenſions, qu'elle
eſt capable de mouuement & de repos , de
differentes ſcituations , & de differentes figures ; mais on ne trouuera iamais que ces dimenſions, les mouuemens, & les figures , la
ſcituation ny le repos luy donnent non plus
qu'à vne machine la connoiſſance de ce qu'elle fait. Vne montre marquera tousjours les
heures pour les autres , & iamais pour elle-
meſme.

Z ij

Ariftote, felon mon fens, a remarqué cecŷ
plus nettement que les Anciens. La mefme
difference entre ce qui agit & ce qui fouffre,
laquelle fe rencontre par tout ailleurs , eft
encore neceffairement en l'Ame. Il y a vn
entendement fufceptible de toutes chofes;
Comme la matiere eft fufceptible de toutes
les formes de l'art : Il y a vn entendement qui
agit & qui fait tout. Celui-cy eft feparable, fans
meflange, fans paffion ; & fon action eft fon
effence. On ne peut pas dire que tantoft il entend, & que tantoft il n'entend pas : c'eft comme la fcience en acte, laquelle ne differe point
de la chofe que l'on fçait.

Il faut remarquer qu'en cét endroit, il dit,
qu'il eft feparable ; parce qu'il le confidere
comme vny auec le corps. Il adjoufte : mais
dés qu'il eft feparé, (car telle eft l'emphafe du
mot) il eft feulement ce qu'il eft. Cela feul eft
immortel, cela feul eft eternel, c'eft à dire,
perpetuel, felon le fens d'Ariftote, qui dit en
fa Metaphyfique, comme i'ay remarqué ailleurs , que l'entendement eft vne forme laquelle peut fubfifter feparée du corps, quoy
que nulle forme ne puiffe exifter deuant fa
matiere. Si les Interpretes Arabes, Grecs, &
Latins euffent conferé, ces deux paffages &
pris foin d'expliquer leur Autheur par luy-

mefme, ils n'auroient pas efté fi vifionnaires, que de prendre pour Dieu mefme cét enten- dement actif, qui (felon Ariftote) fait vne des differences de l'Ame. Il adjoufte : nous ne nous reffouuenons pas apres la mort, ( ce qui fe void par la fuite, ) parce que l'entendement paffif fe corrompt, ou pour le dire plus clai- rement , parce que l'entendement paffif ne peut operer que par l'influence de celuy qui eft agiffant. La preuue en eft indubitable par la feule lecture d'Ariftote. Il compare cette par- tie fuperieure qui agit tousjours à la lumiere, qui fait actuellement voir les couleurs , lef- quelles n'eftoient qu'en puiffance d'eftre veuës : la lumiere en ce qui eft d'elle & de fa nature, éclaire & illumine tousjours, parce que fon effence eft d'éclairer, tel eft l'enten- dement qui agit : celle des couleurs eft de pouuoir eftre éclairées, tel eft l'entendement qui fouffre, & qui reçoit fa clarté de l'autre. Et partant à lors qu'il en eft feparé par la mort, il ne faut pas trouuer eftrange qu'il ne garde le fouuenir d'ancune chofe. Les yeux ne voyent point quand la lumiere s'eft retirée. Or per- fonne ne doute que cét entendement infe- rieur ne fe reffouuienne de beaucoup de cho- fes durant cette vie : Mais la memoire des particulieres & des fenfibles fe perd apres

trépas quand les simulacres des sens sont éua-
noüis. Se ressouuenir est vne passion du composé, & non pas de l'Ame separée. Confor-
mément à cette doctrine, le Philosophe dit
dans les Morales, qu'apres la mort, le bien
ou le mal de nos proches nous touche peu,
& que Solon est digne d'estre repris ui de-
nie la felicité à l'homme en cette vie. Il parle là de la felicité ciuile, ou politique ; laquelle est toute autre que celle de l'Ame
apres la dissolution du corps. Cette interpre-
tation est peut estre assez bien iustifiée par
l'Analogie de toutes les parties de la doctrine d'Aristote,

Apres cela, ie diray pholosophiquement
ce que ie pense de l'estat de l'Ame apres la
mort, ie declareray mes soupçons & mes con-
jectures, que ie soubmets auec tout cét ouurage à l'obeïssance de la Foy. C'est le seul
flambeau qui nous éclaire dans ce tenebreux
labyrinthe où nous marchons.

J'ay souuent medité, d'où vient que nous
connoissions si parfaitement la suitte & l'en-
chainement de toutes les propositions des
plus pures Mathemetiques, lesquelles sont
si releuées & si difficiles : J'ay examiné d'où
vient qu'on rendoit raison de tant d'Arts &
de Sciences, & que nous en rendons si peu

de nous-mesmes. Seroit-ce point parce que
l'homme cherche à connoistre tout plustost
que soy, & fait peu de reflection sur la fin.
Pour laquelle il a esté mis au monde ? Ou
seroit-ce point encore que les Arts & les
Sciences qui sont les ouurages de nostre Esprit, en peuuent bien estre connus, puis que
comme leur cause, il est de beaucoup au dessus d'elles, au lieu que l'Ame estant vn pur
ouurage de Dieu ; il n'appartient qu'à luy de
la connoistre. Ie iuge bien de mon Image,
parce que i'en suis l'exemplaire ; & ie ne iuge pas bien de mon Ame, parce qu'ele est
l'Image de Dieu. C'est à luy seul d'en iuger,
que la gloire donc de tout ce qui s'en dira
de veritable, soit raportée à la premiere verité.

Auparauant nostre naissance nous ne pou-
uions pas soupçonner seulement que le monde fust fait comme il est ; ny que nos yeux,
& nos mains y deussent auoir vn si bel vsage : Ainsi quand la separation se fera en
nous de ce qui est mortel d'auec ce qui est
diuin, & que nous laisserons nostre poussiere
à la terre. Il y a grande apparence que nous agi-
rons tout d'vne autre sorte que nous ne pou-
uons maintenant conceuoir. L'enfant vit d'vn
autre vie quád il est, comme partie de sa mere,

& qu'elle le porte dans ses flancs, qu'il ne fait quand il est sorty de sa naturelle prison. Selon ses estats differents, ses fonctions sont differentes : Ie croy qu'il en est ainsi de l'A-me. *Alia nos origo expectat, alius rerum status.*

Sen. epist. 102.

Ce que l'homme animal croit estre la mort, est le iour natal pour l'eternité. Nostre Es-prit separé des sens verra les choses tout au-trement qu'il ne les void. L'Esprit est vne fa-culté connoissante, toute faculté agit, quand son objet luy est present, & que rien ne s'y oppose. L'Esprit separé de la matiere enten-dra donc tousjours ; puis qu'entendre est sa nature. Son objet luy est tousjours present : car c'est luy-mesme, & rien ne l'en peut se-parer : car vne nature simple ne peut pas n'estre point ce qu'elle est. L'essence de la pensée c'est de penser : elle pensera donc toû-jours, puis qu'elle doit tousjours subsister ; elle se verra incessamment d'vne seule veuë, sans aucune interruption, sans lassitude, & sans trauail ; à cause qu'elle est simple & in-diuisible. Ce qui fait que la contemplation nous lasse icy bas, & qu'elle est interrompuë, c'est que la nature de l'homme est composée de plusieurs parties ; & ce qui est le bon-heur de l'vne est quelquefois le mal-heur de l'au-tre.

Dieu

Dieu connoiſt touſjours, parce qu'il eſt luy-meſme ſa connoiſſance : auec cette diſtinction que ſa connoiſſance eſt infinie ; au lieu que la noſtre ſera bornée quelque grande étenduë qu'elle puiſſe auoir. Par la relation eſſentielle qui eſt entre l'effect & ſa cauſe, l'Ame ſeparée ne pourra connoiſtre ſon eſſence, qu'elle ne reconnoiſſe Dieu pour ſon Autheur. Elle verra bien en ſe voyant qu'elle n'exiſte pas ſans dépendance d'vn principe ſuperieur ; puis qu'elle n'a pas touſjours eſté : elle verra bien qu'elle ne peut eſtre vn ouurage de la nature inferieure, puis qu'elle eſt ſi fort au deſſus. De plus, en ſe voyant elle-meſme, elle verra en ſoy toutes les puiſſances qui peuuent partir d'elle, pour eſtre receuës dans le corps : & parce que les puiſſances, les organes, & les objets ſe définiſſent les vns par les autres ; i'oſe dire qu'elle connoiſtra preſque toutes choſes : les Intelligences meſme, par la conformité de ſa nature ſeparée auec la leur.

Cela ne contrarie point à ce que i'ay dit ailleurs que l'Ame d'abord n'eſt pas ſçauante & qu'elle profite de l'vnion auec le corps, i'ay entendu parler de l'Ame, entant qu'elle anime, & de ce qu'elle aprend par experien-

ce : ce qui ne fe peut faire fans quelque progrez.

Et fi l'on dit , qu'il luy feroit meilleur de
n'animer pas , & que Dieu & la nature font
tousjours ce qui eft le meilleur ; ce n'eft pas
s'aperceuoir que fi l'Ame euft efté créée hors
du corps , elle auroit été vne pure intelligence. En ce cas il n'y auroit point eu d'homme,
& cette creature qui réünit en foy le haut
auec le bas monde par les differentes perfections qu'elle poffede auroit manqué à l'Vniuers : Ce qui feroit brifer par le milieu cette
échelle myfterieufe , par qui defcendent &
remontent les Vertus Celeftes ; ce qui feroit
rompre le commerce eftably entre les premiers & les derniers Eftres. La Sageffe qui
gouuerne tout ne regarde pas le feul aduantage d'vne partie ; mais elle regarde la perfection de l'ouurage entier. Dans la Nature
Vniuerfelle , auffi bien que dans les Eftats
bien reglez , nulle chofe n'eft faite pour elle
feule , mais pour la gloire & l'accompliffement
du refte.

C'eft à la maniere de la Sybille Infpirée, &
comme en prophetifant ( pour parler apres
Socrate ) que ie dis ces chofes : En quoy ie
ne voy rien d'impoffible , ny qui repugne à
la raifon.

Il n'eſt pas permis, ie penſe, de s'enquerir plus auant. Il y a des bornes à l'Occean,
quelque immenſe qu'il nous paroiſſe ; mais il
n'y en aura point dans l'infinité des ſiecles, où
nous irions nous abiſmer. Ie laiſſe à la Theo-
logie à nous en inſtruire, & me contente de
profeſſer que Dieu ne ſeroit pas ce qu'il eſt,
s'il ne pouuoit rien faire que l'homme ne fuſt
capable de comprendre. Humilie-toy Philoſophie & ne preſume pas d'entrer dans le
Sanctuaire : tu pecherois contre la modeſtie
que tu enſeignes ; ſi tu pretendois leuer le
voile qui nous en défend la veuë. Quoy qu'il
en ſoit l'Ame ſubſiſte apres la mort. C'eſt
vne verité indubitable : Ne demandez point
ce que les Ames feront ſeparées du corps ?
comment elles pourront voir ſans yeux, &
toucher ſans mains ? Comment elles pourront mouuoir, ſans les parties qu'on iuge ſi
neceſſaires mouuement ? ce qui fait voir ne
verroit-il point ? & ce qui fait mouuoir tous
les organes demeureroit-il immobile ? la maniere en ſera differente, mais elle ne laiſſera
pas d'eſtre. L'Eſprit aura alors ſa façon d'agir
& de ſouffrir, c'eſt ce qu'vn homme de bon
ſens pourroit dire. Vn Metaphyſicien adjoû-
teroit que ce qui n'a point de corps, s'auan-
ce & ſe retire ſans mouuement & ſans ſuc-

ceſſion de parties, témoin les Images que les
objets nous enuoyent: témoin la lumiere qui
au leuer du Soleil, éclaire les extremitez du
Ciel en vn inſtant.

Ce qui n'eſt point ſujet au temps, ne l'eſt
pas au mouuement, lequel eſtant conuaincu
d'imperfection par ſa definition propre, ne
peut eſtre des choſes parfaites. L'Ame ſeparée agit, mais à proprement parler elle ne ſe
meut pas. Se mouuoir & ſe repoſer ſont des
paſſions du corps. De l'eſtat où nous ſommes
auec celuy où nous ſerons. Il n'y a point de
comparaiſon à faire. Il eſt incomparablement
plus diuin. Il ne faut donc pas s'étonner ſi le
Philoſophe meurt ſi ſouuent d'vne mort my-
ſterieuſe, quand il ſe ſepare autant qu'il peut
de la corruption de la matiere, & s'il regarde,
comme ſa deliurance, la fin de ſon pelerinage
en ce monde.

> Quand les ſens de vieilleſſe vſez
> A l'eſprit ſe ſont refuſez,
> Il prend vne telle aduanture,
> Pour vn preſent de la Nature,
> Et laiſſant le corps au tombeau,
> Laiſſe ſa dépoüille mortelle,
> Comme ſe defait de ſa peau,
> Le ſerpent qui ſe renouuelle.

Ie l'ay encore exprimé ainſi.

*Et comme le Cerf aux abois*
*Sur le point de ſeruir de proye,*
*Se déchargeroit auec ioye,*
*De la peſanteur de ſon bois,*

Ou ſi vous aymez mieux cette autre comparaiſon :

*C'eſt ainſi qu'aux ſaiſons fleuries,*
*Le papillon auec plaiſir*
*Laiſſe errer ſon ieune deſir*
*Sur le bel eſmail des prairies*
*Et s'égaye auecques raiſon,*
*D'eſtre ſorty de ſa priſon.*

La ioye eſt la felicité meſme ; ou la felicité
n'eſt point ſans elle  Et la felicité de l'Ame,
comme celle de toutes choſes, conſiſte en ſa
principale action : Celle de l'entendement eſt
d'entendre. Dans l'exercice des plus nobles
puiſſances qui vacquent actuellement à la
contemplation , & à l'amour de leurs plus
diuins objets , & dans le contentement, lequel en eſt inſeparable , l'ame du ſage trouue
le ſouuerain bon-heur de cette vie : A plus
forte raiſon le trouuera-t'elle apres la mort,
dans cette profonde tranquillité, où ceſſeront

toutes les honteufes & importunes neceffitez
de la partie inferieure.

Suppofé que l'Ame foit ainfi heureufe: Ie ne
voy pas qu'il foit fort neceffaire de s'enquerir, fi elle eft capable de fe mouuoir. La Nature ne donne cette puiffance entre les chofes viuantes qu'à celles à qui le tranfport d'vn
lieu à l'autre eft neceffaire pour contenter
leurs appetits, & pour acquerir ce qui leur
manque.

La beatitude eft vn eftat auquel rien ne
peut manquer, & l'Ame feparée la poffede.
Ce qui eft heureux eft parfait autant qu'il le
peut eftre; & ce qui fe meut ne l'eft pas ; il
tend à fa perfection: cela fe prouue par la definition du mouuement, ce que i'auois déja
infinué.

Mais, dit-on, l'Amour eft vn tranfport de
ce qui ayme vers la chofe aymée : L'Ame
apres la feparation du corps, feroit-elle fans
cét amour de foy-mefme, qui eft fi violent
& fi naturel tout enfemble. Il eft vray qu'on
fe tranfporte vers ce que l'on ayme, quand
l'objet n'eft pas prefent: mais l'Ame fera fort
perfente à elle-mefme: Elle s'entendra, parce
qu'elle eft intelligible ; elle s'aimera, parce
qu'elle eft aimable.

Voila ce que l'on peut penfer de l'eftat de

l'Ame, apres la mort à la regarder philoſo-
phiquement en elle-meſme. Voila, en remet-
tant le reſte au Createur qui eſt tousjours
Maiſtre de ſa creature, comme on peut raiſonner de cét entendement actif qui eſt en
chacun de nous.

C'eſt vne viſion des Arabes & des Grecs
de n'en reconnoiſtre qu'vn ſeul en tous les
hommes. Entendre & vouloir ſont des actions
qui demeurent dans les principes qui les
produiſent, il n'en eſt pas comme des mouuemens qui paſſent de l'Ame au corps, &
par conſequent tous les hommes enſemble n'auroient qu'vne meſme penſée ; ny
qu'vne meſme volonté ; Si l'entendement
eſtoit vnique en tous les hommes.

Si la choſe eſt principalement ce qu'il y a
en elle de plus Diuin, pour le dire aux termes d'Ariſtote, Platon eſt principalement
ſon entendement, la meſme conſequence
eſt pour Alcibiade ; & pour Socrate, & meſme parce que cét entendement eſt vnique
en tout le genre humain, tout le genre humain ne ſera qu'vn homme. Ce qui eſt la
derniere abſurdité.

De plus, quoy qu'Alcibiade ; & Socrate
ſoient morts, & tous les hommes de leur
ſiecle ; il faudra pourtant qu'ils viuent enco-

re ; puis que cét entendement vnique qui en estoit l'essence est perpetuel. Que s'il n'est point essentiel à l'homme, s'il n'en fait pas la principale partie, ce qu'il entend est de luy, & non de l'homme, dont il est détaché par sa nature. Comme l'action de voir est vne action de l'œil ; celle d'entendre est de la pensée qui entend ; la volonté mesme & le choix qu'elle fait en dependent : Ainsi que ie ne voy pas, parce qu'vn autre void, ie n'entend pas, parce qu'il entend ; de recourir là dessus aux images de la fantaisie ; c'est vne chymere. L'acte d'entendre ne reside pas dans ces images, elles ne le produisent point: Ce que les couleurs font à la veuë, elles le font à l'égard de l'entendement : elles l'excitent , & luy presentent vn objet , & vne occasion d'agir , il s'en sert si bon luy semble.

Ie croirois resuer auec Auerroes, si ie pousfois plus loin cette resuerie.

Que

## CHAPITRE XVI.

*Que les meschants sont mal-heureux, & ne peuuent s'arracher la croyance de l'Immortalité de l'Ame.*

CEtte Loy qui est née auec nous, & que nous n'apprenons d'aucun maistre ; qui deuance les Loix des Legislateurs & les Ordonnances des Rois : Ce sentiment de Iustice & d'honnesteté qui est vne proprieté de nostre essence : Ce flambeau qui découure la difformité du vice, & la beauté de la Vertu, n'a rien de commun auec la chair & le sang, son origine est de plus haut. Sans preuue & sans témoins mandiez, ie ne sçay quelle force secrete produit contre nous la synderese & la conscience, pour nous accuser & pour nous punir de nos crimes. Il n'y a rien là du temperament ; il n'y a rien de la matiere : ce n'est point parce que l'Ame est de figure exagone ou pentagone, à vne ou plusieurs faces, seiche ou humide, froide ou chaude.

La synderese est l'approbation que l'homme donne mal-gré ses habitudes vicieuses, aux premiers principes de moralité. La con-

B b

science est l'application qu'on en fait à chaque action importante qui remplit nostre esprit de ioye, si elle se trouue conforme à la lumiere qu'il en a; de troubles, d'agitations & de remords, si elle luy est repugnante. Verité si indubitable, qu'il n'est iamais arriué & n'arriuera iamais, que celuy qui s'emporte à ses passions, & qui suit son temperament débauché puisse estre heureux, quelque fortuné qu'il paroisse aux yeux du vulgaire. En voicy la preuue asseurée.

Par la lumiere naturelle, nous sommes conuaincus, qu'il faut suiure le bien, & fuir le mal : qu'il ne faut pas faire aux autres, ce que nous ne voudrions pas qu'ils nous fissent : qu'il faut honorer ses parens, qu'il faut reconnoître ses bienfaicteurs. Il y a ainsi des principes de la vie si clairs, que dés qu'ils sont proposez on y donne son consentement. Et l'on sçait mesme qu'Epicure à dit, que viure selon la nature, c'étoit viure selon la raison.

Il n'y a que la passion & les mauuaises habitudes qui la suiuent, lesquelles obscurcissent cette lumiere : tant que dure la violence, ou de la cholere ; par exemple, ou bien de la volupté. Mais quand cette ardeur est refroidie, & que ce premier feu est passé, la connoissance du vice reuient, auec le remord & la honte.

Les plus corrompus, & les plus fourbes ne s'en peuuent sauuer, quand ils sont surpris en leurs fourberies : & i'ay souuent remarqué qu'ils portent plus impatiemment que les autres l'ingratitude des personnes qu'ils ont obligées.

Aristote à dit cecy à sa mode. Il y a ie ne sçay quoy de bon en la nature des méchans mesmes, qui les porte au vray bien. Telle est la force de la raison, ou de l'esprit, ou de cette autre chose qui preside en nous, & sert de guide à tout le reste. C'est elle qui à la connoissance des choses honnestes & diuines: elle est ie ne sçay quoy de Diuin, ou ce qui est en nous de plus Diuin, & de plus Celeste. I'ay ioint ces deux textes qui se donnent du iour l'vn à l'autre. Cependant parce que le vicieux s'accoustume & se naturalise au mal, il s'y plaist premierement, & puis il se fait des chaines qu'il ne peut rompre, tant que dure son enchantement : Mais quand la douleur qui est vne sage, & vne imperieuse maistresse, & qui suit d'ordinaire l'excés des plaisirs; quãd la perte du bien & de l'honneur qui est insupportable à l'homme naturellement glorieux, & qui naturellement cherche son aise le font souuenir de ses desordres: la comparaison de l'infamie presente, auec sa gloire passée, aug-

*Liu. 10. des Mor. ch. 2. & ch. 7.*

Bb ij

mente fa confufion : & la confcience (par la
fentence de qui iamais aucun coupable ne
fut abfous) le condamne auec tant de iuftice,
que luy-mefme ne peut, & n'en ofe pas appeller. Il execute contre foy l'Arreft qu'elle
donne, & dans le mépris où il languit, dans
l'abandonnement de tous les objets qui l'a-
uoient autresfois charmé, dans les fentimens
vifs & picquans de la pauureté, joints quelquefois à celuy des goûtes & des fciatiques. La
memoire de fes voluptez fait fon tourment:
& fans efperance de mieux à l'auenir ; il porte fur fon front la viuante image du defefpoir.

Certainement, l'homme eftant compofé
d'Efprit & de corps, il ne peut eftre heureux
fi ces deux parties ne font d'accord : ce qui ne
peut eftre ; tant que les fens n'obeïffent pas
à la raifon : & c'eft vne mifere cómune quand
le pire vient à commander. Comment arriueroit-il autrement? Quand les fens comman-
dent à la raifon, c'eft vn renuerfement d'ordre : c'eft vne violence à la nature, qui veut
que le plus parfait & le meilleur ait l'auantage : ce qui eft violent ne peut pas durer. Encore vne fois, comment arriueroit-il autrement ? Les paffions de la partie inferieure font
oppofées les vnes aux autres : La paix & la

tranquillité feroient - elles bien au milieu de
cette guerre ? L'Amour alentit fouuent l'ardeur de l'ambition, l'auarice retarde le progrez de l'Amour ; la crainte des bleffeures &
de la mort, combat le defir de la gloire ; la
volupté & la honte ne s'accordent pas ; le defir
de paroiftre, & la douceur du repos, font mal
enfemble : Le cœur de l'homme fenfuel eft,
vne mer orageufe batue inceffammét de vents
contraires, il eft agité de chagrin, de differéces,
de jaloufie, de cholere, de repentir & de douleur. Il n'y a donc point de bonace à efperer,
qu'autant que la partie fuperieure commande
à l'autre, & que l'appetit (cóme vn enfant do-
cile à fon pere) fe rend heureux en l'écoutant.
Chofe étrange. Les Epicuriens qui n'ont point
voulu croire de Iuftice en Dieu, ny de Prouidence, n'ont peû s'empefcher de rendre à la
verité qu'ils combattoient ce tefmoignage,
que les méchans en cette vie portoient leur
Enfer auec eux.

Lucrece en parle à peu pres ainfi.

*Les implacables fœurs, la Chymere & fes*
    *flames,*
*Et tout ce que l'on dit du fupplice des Ames,*
*Du mal-heureux Tantale, & du vain Ixion,*

A parler sainement n'est qu'vne fiction;
C'est vn conte à plaisir, ou s'il est veritable,
C'est de nos passions l'image épouuantable.
Celuy qui de l'honneur bannit le souuenir,
Et qu'vn si beau lien ne peut plus retenir,
Quand sa propre infamie aux voluptez l'excite,
A passé sans retour les riues du Cocite.
Quiconque veut monter sur le Trône des Rois,
Par le sanglant mépris des plus Diuines Loix,
Ne void autour de soy que meurtre & que tuerie,
Et son ambition luy tient lieu de furie.
Que si l'on est saisi des frayeurs du trépas,
Et si l'on pense voir la mort à chaque pas,
L'ordre de la Nature, & sa voix qui l'ordonne
Est l'inestixible Loy qui n'espargne personne.
Le Vautour affamé qui déchire le sein,
Est d'vn volage amour l'ambicieux dessein.
Puny de la rigueur d'vne Nymphe cruelle,
Et parce qu'elle est Nymphe, & parce qu'elle est
　　belle.
Tantale, ces beaux fruits qu'en vain tu veux tou-
　　cher,
Et ces eaux où ta soif ne se peut étancher,
Des auares humains figurent la tristesse,
Et leur sote indigence auprés de la richesse.
Des superstitieux la trop credule erreur
De tant d'ombres sans corps se forme la terreur;

*En fin les Iuges noirs, le Tartare & son gouffre,*
*Les flambeaux composez de bitume & de souffre,*
*Qui brûlent dans les mains des infernales sœurs,*
*Et de l'immense nuit redoublent les noirceurs,*
*Les frayeurs, les tourmens, les ghesnes, les tor-*
   *tures,*
*Et s'il est aux Enfers d'autres peines plus dures,*
*Sont le vray chastiment d'vn insigne peché,*
*Et le remord d'vn cœur par soy-mesme arraché.*
*A qui tous les objets sont des objets funebres,*
*Qui dans le plus grand iour ne void que des te-*
   *nebres;*
*De qui tous les desseins ne sont qu'illusions,*
*Et sans cesse agité de noires visions,*
*Malgré son desespoir, qu'il veut & ne peut*
   *suiure,*
*Ne trouue aucun moyen de mourir ny de viure.*

 C'est vn Poëte Payen qui parle, & puis que
l'Ame est Immortelle, on peut adjouster à
sa pensée, que les méchans en ce monde, &
en l'autre portent l'Enfer dans leur sein, &
que le ver qui les ronge ne meurt iamais. Ce
n'est pas assez : il y a quelque autre reflexion
à faire. Par vn ordre eternel de la Prouidence
qui contraint l'iniquité de se dementir incessamment elle-mesme, Lucrece en combat-

tant icy l'Immortalité de l'ame n'eſt pas moins
contraire à ce qu'il dit ; que lors qu'il admet
vn vuide & des corps infinis, ce qui ne peut
compatir enſemble : ou lors qu'il reconnoiſt
que pour ſe parer des coups des Atomes de
l'air, qui battent les animaux. La nature les
a reueſtu de poil & de plumes, a donné des
eſcailles aux vns, & vn cuir eſpais aux autres.
Ce ſentiment n'eſt pas d'vn Philoſophe qui
attribuë tout à vn rencontre hazardeux : La
cauſe finale, & le hazard ne s'accordent pas
bien enſemble. Il eſt ainſi plein de mille cōtra-
dictions aparentes. Celle-cy n'eſt pas vne des
moindres d'auoir denié au Ciel la Iuſtice, dont
il punit les crimes apres la mort, & d'auoir
aduoüé que l'Ame coupable craint naturellement la punition qu'elle à meritée. Si rien
n'eſt iuſte, ny injuſte naturellement, ſi les
Loix & les couſtumes en font ſeules la difference, d'où vient cette noire inquietude,

> *Et ce remords d'vn cœur par ſoy meſme arraché*
> *A qui tous les obiets ſont des objets funebres ?*

D'où vient qu'Oreſte & Neron ne ſe peuuent
perſuader, que c'eſt vne meſme choſe de tuer
ſa mere & de l'honorer ? Neron eſtoit au deſſus des Loix, il ſe mocquoit des mœurs & des
                                        couſtu-

couftumes; Il ne parloit des Dieux qu'en les
blafphemant , & toutesfois il a cherché des
facrifices expiatoires. La chofe parle d'elle-
mefme , on a beau violenter la nature, & la
chaffer auec la raifon; elle retourne toûjours.
Celuy qui eft redeuable à la Iuftice ne peut
s'empefcher d'y fatisfaire; il a beau eftre puif-
fant, il a beau pecher en fecret , il fera pluftoft fon témoin & fon iuge , il fera mefme
fon bourreau.

Ceux que leur puiffance , ou leur adreffe
dérobent à la vengeance publique , fe ven-
gent fur eux-mefmes. Ils peuuent écouter la
voix des flatteurs qui applaudiffent à leurs
méchancetez : mais ils n'y peuuent croire,
Quand elle leur dit, qu'à Iupiter & à l'Em-
pereur toutes chofes font également permi-
fes : ils confeffent interieurement qu'il y a
quelque fujet de craindre à ceux que tous les
autres redoutent, & qu'entre les mains de
quelque fouueraine puiffance éclatte vn Sce-
ptre veillant , lequel eft incomparablement
plus fort, & plus pefant que le leur.

Cela montre bien que nous ne deuons
rien tant redouter que nous-mefmes , puis
que nous nous condamnons quand tout le
monde nous abfout : Cela fait bien voir que

Cc

l'Ame criminelle, qui craint que l'image de
ſes abominations ne la perſecute apres la mort,
comme vne furie inéuitable, ne ſe peut défaire ayſément de la croyance qu'elle doibt
ſuruiure au corps; elle ſe fait iuſtice en depit
d'elle. Quelle preuue éuidente & quel ſigne
infaillible du iugement de Dieu ſur les mé-
chants !

Toutes les nations de quelque Religion
qu'elles ſoient, l'ont tousjours reconnu, & le
reconnoiſſent encore pour leur Iuge incorruptible. Elles ont tousjours eu, & ont encore leurs expiations & leurs eaux luſtrales.
Les Chreſtiens ne les ont point empruntées
des Payens, ny les vns & les autres des Iuifs.
Tous les hommes ſont naturellement perſuadez qu'il eſt vn Dieu, & qu'il eſt vangeur des
crimes, & pour cette raiſon tous les hommes
luy font des prieres, & luy preſentent des ſa-
crifices.

Leurs prieres meſme ont par tout ie ne
ſçay quoy de ſemblable, parce que n'ayant
tous qu'vne meſme fin, où la nature les porte, ils employent tous des moyens pareils
pour y arriuer. Cét éclat qui rejalit ſur leur
conſcience & leur en découure tous les de-
faux de quelque pays qu'ils ſoient, & quel-

que superstition qu'ils professent , est l'effet
d'vne mesme lumiere , & part d'vn mesme
Soleil. Lucrece tout Epicurien qu'il estoit, *Mens sibi conscia*
rend en depit qu'il en ayt hommage à cette *facti prætmetuens.*
verité.

J'en ay exprimé ainsi la pensée.

> *Le méchant poursuiuy des crimes qu'il a faits*
> *Dans son esprit troublé ne trouue point de paix,*
> *Les gesnes, les frayeurs, & les flames ardentes*
> *A ses yeux effrayez semblent tousjours presentes,*
> *A de si longs tourmens, il ne void point de fin,*
> *Et mesme apres la mort craint vn pire destin.*

Cette crainte est de l'ame seule qui se presente malgré elle au Tribunal de la Iustice du
Ciel, & qui n'a pas le priuilege d'en decliner
la Iurisdiction. Si chacun se consultoit serieu-
sement soy-mesme, il ne demanderoit point
d'autre preuue de l'Immortalité de l'Ame:
Il n'auroit pas besoin de la lire ailleurs qu'en
sa conscience. Elle y est si bien grauée que
rien ne l'en peut effacer.

Il ne faut donc pas que la volonté reçoiue
l'impression de la phantaisie qui nous porte
à l'excez des voluptez, & qui n'en trouue
point de honteuses ; qui ne discerne point

& les adulteres & les incestes : mais il faut
qu'elle prenne aduis de la raison, & corrige
par elle l'erreur des sens. La temperance fait
cela plus que nulle autre vertu, & la magna-
nimité Chrestienne, qui ne iuge que Dieu
digne de soy. C'est le vray moyen de s'affranchir des liens dont les Ames basses & vulgaires sont retenuës par leurs passions qui se détruisent les vnes les autres.

Ceux qui donnent le beau nom de Liberté
à la licence effrenée qu'ils prennent de rompre les Loix de la Religion, & de l'honnesteté publique, comme trop foibles pour les retenir, tombent par leur propre force, dont
ils se vantent dans la foiblesse commune aux
femmes & aux enfans, qui ne peuuent resi-
ster au premiers mouuemens qui les empor-
tent.

Les Esclaues ( dit Aristote) ne sont point
capables de la felicité, pource qu'elle consiste
dans la vertu, & qu'ils se plaisent dans le vice.
Le bon-heur de chaque chose, doit estre sa
derniere perfection, & l'homme qui n'est
homme que par la raison, ne peut estre heureux, s'il ne la cultiue, & si par les Vertus
Morales & contemplatiues, il n'enrichit en-

core les dons que la Nature luy à faits.

L'affranchissement des passions est le premier degré pour y paruenir.

C'est vne preuue manifeste de la spiritualité de l'Ame, c'est le sceau de son Immortalité.

Qui meditera bien ces choses reconnoistra par sa propre experience, & par celle de ses semblables, que si l'Ame humaine, qui est raisonnable & intellectuelle absolument, descend du plus haut degré de son estre, & ne fait plus que des actions de vegetante & de sensitiue, Il reconnoistra, di-je, qu'elle ne se remplit que de vaines images qui la deçoiuent incessamment, & qui l'agitent sans relâche de cent passions differentes. De là naissent les veritables douleurs, & les fausses ioyes, les soupçons, les esperances trompeuses, des craintes, les frayeurs, les amours insensées, les appetits de vengeance, la superbe & l'abatement d'esprit. En fin, tout ce qui arriue aux esprits vulgaires, tout ce qu'on a trouué dans la Cour des Cesars, & des Alexandres, & dont leurs Thrône mesme n'estoit pas exempt.

Cecy oblige vne personne de bon sens, à faire vne telle reflexion: puis que sans autre

intereſt que celuy de la tranquillité de l'Âme,
il faudroit tousjours viure ſelon la raiſon:
parce qu'ordinairement le vice boit la plus
grande partie de ſon venin : Il faut bien eſtre
ſon ennemy, pour s'oſter volontairement à
ſoy-meſme par ſes mauuaiſes actions, l'eſperance de l'Immortalité bien-heureuſe. Ce
n'eſt pas, pour finir cette exhortation Philo-
ſophique par vn traict de Philoſophe, que ie
vouluſſe affirmer (dit Socrate) que les recom-
penſes fuſſent telles apres la mort, que les
Legiſlateurs & les Poëtes les ont depeintes;
ny que les Cieux, où les Champs Eliſées fuſſent ſemblables à la deſcription que l'on en
fait. Mais moy qui n'affirme iamais rien, i'aſ-
ſeure bien cecy comme vne verité tres-con-
ſtante : Puis que Dieu eſt iuſte, le ſort des
bons & des méchans ne peut eſtre égal.

Les Libertins ne peuuent ſans démentir le
témoignage de leur conſcience porter vn autre iugement. Ils ont beau alleguer qu'il eſt
naturel de mal faire à ceux dont l'inclination
eſt mauuaiſe, & de faire bien à ceux, dont
l'inclination eſt bonne, comme il eſt naturel
à certaines terres de porter des poiſons, & à
d'autres de porter des fruicts : la connoiſſance que chacun à de ſa liberté repugne à cette

fauſſe doctrine, qui eſt encore démentie par
tout, ce qu'on a dit du temperament. Elle
eſt démentie par la voix commune de la Nature, laquelle comme elle nous apprend que
le feu eſt chaud & l'eau eſt froide, à conuaincu tous les peuples de la difference du bien
& du mal. Quelques inſenſez ſe figurent que
l'ordre preſent des choſes eſt tel; mais qu'il
pourroit eſtre tout contraire; Ils ne reconnoiſſent pas que cét ordre pretendu ſeroit vn
deſordre épouuantable, qui ne pourroit pas
ſubſiſter: car les vertus s'entretiennent bien
les vnes les autres; & il eſt neceſſaire que les
vices ſe détruiſent. Tout ce qui eſt violent ne
dure point, tout ce qui eſt naturel n'eſt pas
violent.

Ie finis, apres auoir fait reſſouuenir le Lecteur, que comme il n'y a que Dieu ſeul dont
la Nature ſoit d'exiſter; Il n'y a que noſtre
Ame qui ſçache icy bas luy rendre hommage
de ſon Exiſtence & de ſon Immortalité. Oſter
à l'homme ces deux connoiſſances, c'eſt luy
creuer les deux yeux, c'eſt le ietter dans des
tenebres intericures pires que l'aueuglement
& la mort.

Tous les deſordres du monde, & tous ſes
mal-heurs naiſſent de l'ignorance de nous,

mefmes & de noftre Createur. Elle eft la plus
grande & la plus dangereufe pefte des Efprits.
C'eft le plus grand monftre qu'on puiffe combattre & furmonter.

> Si l'on fait éclater parmy les faits d'Alcide
> Ses glorieux combats fur le fable d'Elide,
> Et ce fameux triomphe , où le Soleil couchant
> Vid le triple Monarque à fes pieds trébuchant:
> Si de fes longs trauaux la merueilleufe hiftoire
> Remplit les deux coftez du Temple de la gloire:
> En quel degré d'honneur mettrons-nous les
>       Vertus,
> Qui fçauent triompher des vices abatus,
> Qui purgent les humains des erreurs de la terre,
> Et liurent à la mort vne immortelle guerre?
> Quels Heros font pareils à ces rares Efprits,
> Qui plus grand que le monde ont le monde à
>       mépris,
> Qui de cét Vniuers percent les fombres voiles,
> Et cherchent fon Autheur au delà des Eftoïl-
>       les ?
> La terreur des Forefts, le Lyon rugiffant,
> Et par fa propre mort le monftre renaiffant
> Seroient morts à la fin fans la Race d'Alc-
>       mene
> Ainfi que les Taureaux à la bruflante haleine.
>                                             Le

*Le temps les euſt vaincus, & ne ſeroit reſté*
*De l'Hydre & du Lyon , qu'vn bruit d'auoir*
   *eſté.*
*Mais ſi l'on n'euſt ètaint par la Philoſophie*
*Cette ſoif des Treſors où l'auare ſe fie,*
*L'Amour & ſon flambeau, la colere & ſes feux,*
*Et chaſſe des tombeaux les phantoſmes affreux,*
*Par le iour immortel d'vne gloire celeſte,*
*Tout le cours de nos ans ſeroit-il pas funeſte,*
*Et pourroit-on goûter vn moment de repos*
*Souz le ciZeau fatal de la noire Atropos?*

Il n'y a point de doute, que les vrais Philoſophes ont plus vtilement, & plus glorieu-
ſement trauaillé que les Hercules & les The-
ſées. Quand ils n'auroient abatu que l'impieté & l'idolatrie; ils ont plus fait que les con-
querans. Ils ont fait connoiſtre à l'homme
ſon origine , pour luy faire reconnoiſtre ce
qu'il eſtoit. Auſſi toſt ſont diſparuës les deux
plus grandes ennemies de la verité, la ſuper-
ſtition & l'impoſture, & filles de l'intereſt &
de la credulité. Ces beaux Genies ont fait voir
que les Fables meſmes, en ce qu'on racon-
toit de la Iuſtice du Ciel en la punition , &
en la recompenſe des Ames apres cette vie,
auoient quelque fondement veritable, & que
les premiers fourbes n'euſſent point trouué

les peuples difpofez à receuoir leurs faux myfteres, fi par vne anticipation generale, & vn
confentement vniuerfel, qui ne peut venir
que de la Nature, toutes les nations de la terre n'euffent efté preuenuës de cette croyance, qu'il y a vne premiere caufe au deffus des
autres, & que l'Ame eft Immortelle. Certes
on n'a point de plus forte preuue que le feu
eft chaud, finon que tout le monde le iuge
ainfi.

C'eft ce qui doit donner ( ce me femble )
vn iufte fujet de s'étonner, de ce que contre
le fentiment general, & contre l'inclination
naturelle à chaque chofe de fe conferuer, il
y ait de certains Efprits qui prennent vn foin
miferable, d'employer la raifon contre la raifon, afin de fe détruire eux-mefmes, comme s'ils ne redoutoient rien d'auantage que
leur Immortalité. Mal-heureufe Philofophie
qui n'argumente qu'à fa ruine, & qui n'eft
ingenieufe qu'à fe deffaire! Elle fe vante à la
verité d'auoir banny les terreurs paniques,
qui ghefnoient toute la vie, & d'auoir fait
du trefpas vn Port, où il n'y a plus d'orage
à craindre : Mais outre que la penfée d'étre
quelque iour aneantis, eft vne penfée naturellement infupportable : La croyance de
l'Immortalité qu'on a fi bien nommé l'Efpe-

rance Bien - heureufe , ne peut eftre vn fujet de defefpoir qu'aux vicieux & aux méchans.

Ce n'eft pas non plus s'affranchir du ioug
d'vn Maiftre inexorable, que de viure fans
Dieu dans le monde ; c'eft renoncer à la prote-
ction d'vn Pere tres-bon, tres-puiffant, & tres-
fage : Il n'y a que les Ames incurables , lefquelles en conçoiuent plus de crainte & de
frayeur, que de veneration & de confiance.

## F I N.

# EXTRAICT DV PRIVILEGE DV ROY.

**P**AR GRACE ET PRIVILEGE DV ROY, donné à Paris le 15. iour de Decembre 1651. Sgné Par le Roy en son Conseil, DE LA FOSSE. Il est permis à CHARLES COTIN, Ausmonier du Roy, de faire imprimer, vendre & distribuer pendant le temps de neuf ans entiers & accomplis, à compter du iour que l'Impression sera paracheuée, vn liure de sa composition intitulé TRAITE DE L'AME IMMORTELLE, & deffences sont faites à tous autres de l'imprimer, vendre ny distribuer, si ce n'est de son consentement ou de ceux qui auront droit de luy, sur peine aux contreuenans de cinq cens liures d'amende & de confiscation des exemplaires, & en tous ses depens, dommages & interests, ainsi qu'il est plus amplement mentionné esdites Lettres de Priuilege.

Et ledit Sieur COTIN, a cedé ledit Priuilege à ANTOINE DE SOMMAVILLE, Marchand Libraire à Paris, pour iouir du contenu en iceluy.

Registré sur le liure de la Communauté des Marchands Libraires de Paris, ce 26. Nouemb. 1654. suiuant l'Arrest du Parlement, en datte du neufiesme Auril 1653. es Exemplaires ont esté fournis.

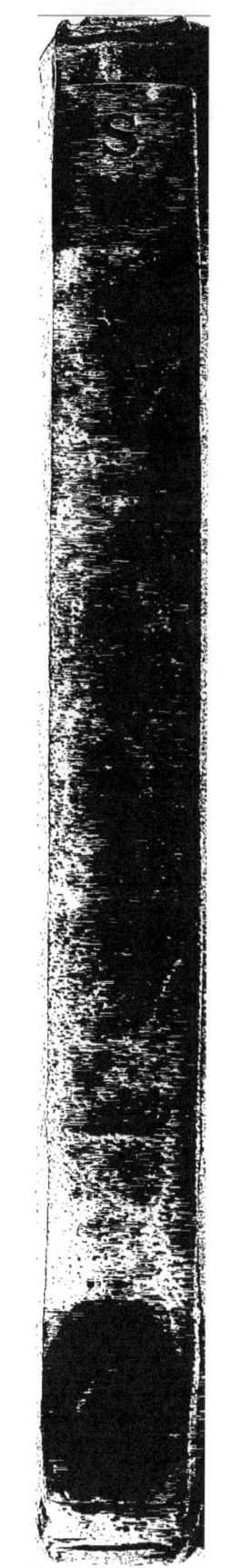